天龍院亜希子の日記

安壇美緒

集英社文庫

天龍院亜希子の日記

落下する音を俺たちは知っている。高く飛んできた野球ボールや机の上を転がった鉛筆、あるいは傾いてしまった花瓶が地面に叩《たた》きつけられる時、物体はその質量に見合った音を立てて、少しだけこの世界を揺らす。

だけど人が落ちる音は、誰も耳にすることができない。元いた位置が高ければ高いほど、その落下が観測される時間は長く、光る何かを見つけたように人々はそれをゆっくりと仰ぎ見る。そしてすぐにまた別の何かを見つけ、忘れてしまう。

人が地に叩きつけられる瞬間の音を誰も聞かない。流れ星の行く末を、誰も見届けはしないように。

八月イッピの朝に飛び込んで来たニュースは、全国小学生対抗夏休みダンスバトルの中継をテロップで遮った。元プロ野球選手・正岡禎司《まさおかていじ》の薬物スキャンダルは列島を激震させた。一億人が口をあけて、スターが空から落下してくるのを見上げていた。まるで打ち上げ花火が打ち上げられるのを、待ち侘《わ》びているみたいに。

「マサオカの、見たあ？」

机の下で黒い内履きに履き替えたふみかが、屈《かが》んだ体勢のままデスク下のＰＣ電源を手探った。短い袖からするっと白い腕が伸びている。出社直後のオフィスはまだ冷房が行き届いていない。

「見た」

「あたし朝ＺＩＰ！長いこと見ちゃった。てか顔変わりすぎでしょ、甲子園の印象強すぎ」

「そら顔は変わるだろ、十何年前の話だよ」

「違くて顔色の話でしょ、だって煮詰めた花壇の土みたいな顔してたよ」

さっき買ったのにもうぬるい、とふみかがリポＤから口を離した。その茶色い瓶の口の少し下を摘《つま》んでぷらぷらさせながら、逆の手でスマホをいじっている。

「昔はさあ、芸能ニュースとか全然興味なかったのに最近無駄に見ちゃうんだよね。そもそもマサオカ知らないけど、私」

「マジ？　俺ら世代ど真ん中じゃん」

「とんねるずのスポーツ王出てなかったっけ？」

「いやいやそういう話じゃなくて」

「わかんないよ野球。観《み》ないし。つか田町《たまち》くん野球やってたんだっけ」

「高校までな」

　昨日やりかけで放置して帰ってしまった登録名簿の新フォーマットを呼び出すと、まだまだ先が長いのがサイドバーの短さでわかり、萎えた。

　毎日毎朝、新しい人間の顔と名前が俺のところに転がり込んでくる。

「昨日メールしといたけど、山本千寿子《やまもとちずこ》の件、やっぱまだ保留ってことでコーディネートチームから言われてるから」

　過去記録から素行をほじくってくると、職務経歴だけでなく前回何日目にバックれたかなんてことも即わかる。山本千寿子は二年前、なんの前触れもなく就業先から姿を消し、うちとの連絡も途絶え、にもかかわらず先週再登録へノコノコやってきたのだった。すげえ根性してるな、と初めのうちは思っていたが、わりとよくある話すぎて今じゃなんとも思わない。

「そんくらいあっちで完全に止めてて欲しいんだけど」

「まあ万が一、誰かがミスってこっち紹介してきたら俺らんとこで止めてって話なんじゃやん」

「そんな適当なアレでいいんですかねこの会社は」

　ふみかが老人口調でふざける。始業前だけど、俺は手慰みに名簿の続きを打ち始めた。

「田町くんは今日はどっか出るのかね」

「一時過ぎから回るけど」

「私もどこでもいいから一瞬出たいんだよな〜」

「今日なんもないの、珍しい」

「事務作業溜《た》まってきた」

俺も、と言うとふみかがマジここ営業事務雇えよ〜とおっさんのくだ巻きのように呟《つぶや》いた。

このそこそこいいビルに入っている、見た目だけはきれいめな職場は完全に見掛け倒しで、女性が多い派遣志願者たちを騙《だま》くらかすには一役買っているが、実際の従業員の労働環境はまるでよくない。人だって足りないし残業代はスズメの涙ほども出ない。人を扱う会社が人件費を削りまくってるっていうのが、矛盾なのか納得なのかわからない。

特に俺たちの品川二班は圧倒的に人が足りていなかった。

「派遣さんの中からさあ、いい子連れて来ようよ」

「いい子はいい金払わないとやってこないから」

ホワイトボードに外出予定を書き込もうと立ち上がったタイミングで、島の外線が鳴った。すぐ取ってみると岡崎《おかざき》さんだった。

内容はひと言目の声色でわかる。

「おはようございます、岡崎です」

「あ、おはようございます。田町です」

「あ、田町くん？　輪島《わじま》さんいる？」

「いやいまタバコかトイレ行ってます。どうしました？」

「ちょっとまた遅刻しそうで。小児科並んでるんだけど、全然呼ばれなくて、大分かかりそう。田町くんそれで、申し訳ないんだけど」

「あれ今日早出ですか？　外行きます？」

「十時半から港南口でカワヤユイさん、面談引率なんだけど。もし出れたら、お願いしてもいい？」

「今日〜は、俺出るの一時なんで、品川〜そうですね、行けます行けます」

　自席でシステムを確認すると、確かに今日は岡崎さんは早出の日だった。九時からになっているスケジュールの棒が、四時までひゅっと伸びている。

　漏れ聞こえる受け答えの段階で話の内容を理解したのか、ふみかからはすでに苛立《いらだ》ちの気配が立ち上っていた。ふみかはすぐ顔に出る。自覚してやってるのと、無意識にやってるのと、たぶんハイブリッドなんだろうけど、苛立ってる時の雰囲気がやばい。そこらの壁やら書類やらモニタやらに、視線で根性焼きが出来そうな目つきになる。

　これが近頃よくある風景になりつつあった。

「じゃあ輪島さんには言っときますから。終わったら連絡ください。いやいいすよ大丈夫です、はい、じゃあ、はーい」

「岡崎さんでしょ」

受話器を置くか置かないかのタイミングでふみかが言った。

「何？　また子供が熱出した？」

「まとめると、そう」

念のため、手元にあった黄色いふせんに用件をメモっていると、その間に輪島さんが大袈裟《おおげさ》に肩を回しながら帰ってきた。輪島さんは最近やたら四十肩対策に勤《いそ》しんでいる。

「おはようございます。いま岡崎さんから電話ありました」

「おう何て？」

「また、子供が、熱、出したって」

悪意のある区切りで割って入ってきたふみかに、朝からこえーよ、と輪島さんが笑った。以前は百貨店にいたらしい輪島さんは、年季の入った張り付いた笑顔が上手《うま》い。

「何時に来るとか言ってた？」

「いま病院並んでて、混んでるらしいです。わかんないですけどたぶん昼過ぎじゃないですかね。なんで、十時半に岡崎さんが入れてた商社の引率、俺出ます」

「忘れるからシステムで共有だけしといて。で、な～んで千葉《ちば》ちゃんがまたキレてんの」

　エハハ、と輪島さんがふみかを宥《なだ》めるように愛想笑いをすると、別にキレてないですよ、とふみかが仏頂面で言った。

「輪島さんがそおいうこと言うと私に非があるみたいじゃないですか」

「言ってない、言ってないでしょ」

「誰が皺《しわ》寄《よ》せ分かぶってると思ってんですか？　先月の私の残業時間、見ました？」

「見てるよ、当然見てる」

「ていうかせめて見込みなしで全額貰《もら》えればいいんですけどね」

「千葉ちゃん聞こえちゃうよ、今日社長来てるよ」

「朝から最悪。眠いし、今日ずっと中だし」

　始業に合わせてベルが鳴り、フロア中の従業員たちがぞろぞろと起立していく。まるで逆向きに打たれていく杭《くい》のようだ。その大勢の杭の中に、もちろん俺も含まれていた。

　月初めの目標と社長の近況を聞きながら、俺は何時に職場を出ようかと考えていた。徒歩の時間を長めに見積もって、早めに着いて、コーヒーでも飲もう。

　派遣スタッフ管理リストの更新もすぐに飽き、別に無理に今日やる必要もなかったのでなんとなく手が空いた。どうせ途中になるなら帰ってきてからでもいいかな、と思い、あと数十分時間が過ぎるのを待っていると、経理のカツ沼がこっちへ向かってくるのが見えて、咄嗟《とっさ》にマウスを握った。

「ちょっと田町くん、岡崎さんは？」

「遅出ですけど」

「じゃあさ、伝えといて欲しいんだけど。前日駆け込みで領収書出すの本当やめてくれない」

昭和の言葉で言うところの、完全なるお局《つぼね》スタイルのカツ沼さんは、この会社がこの名前に変わる前の前から居たらしく、叩き上げの妖怪という感じで、逆にすごい。

「言っときます」

「まあでもあんたもそうよ、なんでも早め早めに行動してよ」

「すいません」

「別に怒ってないでしょ、早めの忠告よ」

カツ沼は本当は勝沼《かつぬま》さんなのだが、社内履きにも替えずに毎日カツカツ言いそうな細いヒールをこれ見よがしに履いているので、カツ沼と呼ぶことにしていた。うちのフロアはカーペットなので実際にはカツカツ鳴らないのだが、飲み会なんかの移動中に近くにいるとマジで地面カツカツいっていてウケる。

うちの会社は女が多い。

「岡崎さん、経理にも迷惑かけてるんだ……」

大変ですねえ、と口を挟んできたふみかは、とにかくいま悪口を叩きたいという風に口元を歪《ゆが》ませていた。メイクとか関係なしに、ふみかの唇は厚い。

「迷惑というか、相手を慮《おもんぱか》って仕事してもらわないと困るでしょお互いに。誰のせいでこないだピラティス遅れたと思ってんのよ」

「そ〜ですよね、マジ私たちもチームにああいう人いると大変なんですよ。本人、基本絡みにくいし」

「まあそんなにとっつきやすいタイプじゃないわね。人を見下す系っていうか」

「横柄ですよ、基本女に」

「協調性、ないわよね」

「ていうか聞いてくださいよ、岡崎さん今週遅刻二回目なんですよ。ここ最近で何回目かわかんない」

「だって来たら大体いないもん、そこの席。逆にいつ来てんのよ」

「彼女の穴、埋めてんの私なのにあの人感謝ゼロなんですよ。性格、やばくないですか？」

「結構やばいわね」

「や、ほんとああいうのが女のアレを下げてんだなって思いますよ、権利はよろしくあとは頼んだ、ってなんだよそれって」

「他人がね、やってくれて当然だと思っちゃうらしいわね。自己中心的っていうの？　ネットで見たけどなんかそういうホルモン？　が出ちゃうらしいわよ、産後」

火がついてきたことをふみかは愉快がっていたが、言うだけ言って突然ハッとするタイプのカツ沼は途中で口をつぐんだ。

「まあ私は別に岡崎さん自体がどうって言ってるわけじゃないのよ。精算は早めにやってって話。もちろんあれよ、千葉さんも田町くんも気をつけてよ」

「大丈夫、私、経理出すのすっ、ごい早いです」

「確かに千葉さん申請遅れないわね。ちょっと田町くんも見習ってよ」

「はあ」

ところでクッキー食べない？　とカツ沼が突然言い出し、えっ食べます〜とふみかが大袈裟に喜ぶと、カツ沼は早歩きで自分のデスクへ戻った。カツ沼のシルエットは少しカマキリに似ている。

カツ沼が得意げに持ってきたのはおしゃれな小分けの包みに入ったクッキーだった。デパートとかじゃないと売ってなさそうな。

「これこないだネットで見ました！　おからのやつだ」

「あ、わかる？　そうなのこないだ西武で買ったら美味《おい》しくて昨日またいっぱい買っちゃったんだけど、さすがに多いからいま周りに配ってんのよ」

ダイエット中だけどこれなら食べれる〜、などとふみかが何か適当なことを言ってると横目で見ていると、カマキリカツ沼はちゃんと俺にもおからクッキーをくれた。

「いいんですか？　俺別にダイエット勢じゃないですけど」

「見たらわかるわよ。田町くん、入社時より大《お》っきくなってるわよ、全体的に」

透明の小袋はギフトという感じできらめいていて、ごまっぽいのやチョコっぽい小さいサイズのクッキーが沢山詰まっていた。俺は女子力と対峙《たいじ》していた。

「ありがとうございます。いまもう出るんで、昼に食います」

「あら、じゃ輪島さん帰ってくる前に私も戻ろう」

「輪島さんの分はないんですか？」

「オッサンの分はないわよ、若者の分だけ」

ふみかがひゃひゃっと楽しそうに八重歯をむき出した。あのオッサンいっつも肩回してるけど、あれ、全然四十肩対策になってないわよ、と言い残してカマキリカツ沼は経理村へ戻っていった。

とかやってたら、もう出てもいい頃合いだった。

「田町くんもう出る？」

「ぼちぼち」

「ねえ、クッキーといえばコーヒーでしょ」

茶ァしばこうや、とふみかは暗に誘っているのだった。

「いやいや間に合わない、さすがに」

「え~せっかくババアにクッキー貰ったのに」

おい聞こえるだろ、と肘で突《つつ》くと、ふみかは口元を押さえてふるえた。スラップスティックなアニメに出てくる性格悪い犬猫みたい。

「じゃあ帰ってきたらさあ、ファミマ行こ。それまでこの山崩しとくから」

「俺、いま出て昼食ってそのまま一時から自分の向かうから、帰り三時過ぎるけど」

「オッケーオッケー。目標がないとこんなんやる気にならんわ」

引き出しからヘアクリップを取り出したふみかは、括《くく》れるか括れないかの瀬戸際なショートヘアを上手く後ろへすくい上げた。両脇をあげると半袖の白いカットソーが横からあらわになり、でかい胸が余計に強調される。

二枚のファイルを突っ込んだだけのビジネスバッグをコスプレ的に携帯して、約束の四十分前に会社を出た。こんだけ早けりゃプロントにも寄れる。

岡崎さんの担当の派遣スタッフは、暗かった。相手が暗いとこちらも結構嫌になる。取引先では上手いこと紹介したつもりだったけれど、たぶん話は流れるだろう。そういうのはすぐにわかる。成立しない顔合わせの帰り道の空気は、筋張っている。ましてや相手が暗いと、仕事とはいえむなしさがある。

「決まった場合、ご連絡しますので。その際は、岡崎でなく私のほうから携帯で、お電話します」

駅のエスカレーター前で上手に別れると、川谷《かわや》さんがほっとしたのが手に取るようにわかった。俺だってほっとしてる。帰り道が同じ電車だったらどうしようと思っているのはお互い様なんだから、そんなに心配しないでくれ。


早夕里《さゆり》はいま静岡にいる。あれからもう二ヶ月近く経《た》つ。

お父さんが倒れたので実家に帰る、と言われた時、俺はまずビビった。俺の親はピンピンしていたし、周りの友人もそんなムードではなかったから、突然そんなマジにやばい話を持ってこられて驚いたし、人は嫌な話で驚くと瞬間的に首の裏がきんと凍る感じがするのだと俺はその時初めて知った。

俺たちは二十七だった。二人とも春生まれで、二十七になりたてだった。口にすればそれなりの年齢な気がしてくるけれど、これくらいの歳《とし》はまだぼんやり生きてる奴《やつ》が沢山いる。俺だって相当ぼんやりしている。一応平日真っ当に働いてはいるけれど、それ以上に考えてることなんてない。将来のこととか、想定ゼロだ。

早夕里はあの時、自分と自分の家族の人生と将来のことを真剣に考え始めていた。そしてその真剣な将来に、俺のことが組み込まれてるとは俺は全く想像していなかった。

俺たちは別にそんな、大したカレカノではなかったから。

早夕里が実家に帰ると告げてきた時、てっきり俺は別れ話なのだと思っていた。彼氏なのに力になれず申し訳ないという気持ちでいっぱいだった。早夕里には元気でやっていって欲しいと思っていた。その時点で随分俺は他人行儀だったし、恋人の反応とは言えなかった。そんな他人様《たにんさま》パワーに出来ることは何もないだろうって話。

だけど早夕里は俺と別れなかった。

「東京と静岡で距離は開くけど、それは物理的な距離だし、そういう意味で譲《ゆずる》と距離を置くつもりはないから」

静岡行きをきっかけに、俺たちは何故《なぜ》か以前よりも見かけ上のカップル度が上がってしまった。何かの渦に巻き込まれたみたいに、俺たちはいつの間にか関係性を上書きされてしまった。

簡単に言うと、何故か結婚が視野に入り始めたのだった。

俺と早夕里は三年と少し付き合っていて、付き合ってはいたけど、愛とか将来を誓う感じからは普通に遠くて、むしろ時間の問題で別れるだろうな、という雰囲気が半年以上続いていた。外で会うのも、家で会うのも飽きていた。むしろ会ってもなかった。早夕里だって別にそんな感じだった。

そんな矢先に早夕里の父が倒れ、早夕里が強烈に家族を意識し始め、いつの間にか俺は自動的にガチな感じの恋人の役をあてがわれていて、もしかするとなんかの弾みで籍を入れることにもなりかねなかった。

俺は「このまま有耶無耶《うやむや》に結婚コースいったらやばいな」ということばかりを考えていた。恋人の一大事にそんな薄情なことを考えていたのに、だんだんそれが長引くにつれ、嫌なんだか嫌でもないんだか、自分でもわからなくなってきた。目の前に道路標識がむちゃくちゃに立ち並んでしまっていて、自分がいまどの操作を切ったらいいのか全然わかんなくなっている感じ。

なんにせよ全体的に萎える。

早夕里が静岡に行ってからというもの、俺はやたらに風俗に行ってみたくなった。学生の時に翔太《しょうた》たちが行きまくってた頃、あれだけバカにしていたにもかかわらず、突発的に全然知らない女とやりたくなった。妙なストレスがかかってたのかもしれない。

しかしｉＰｈｏｎｅが性病を防ぐ。ああメッチャ風俗でハメたい、と思っていろいろ漁《あさ》ってると即エロ動画にたどり着き、オ〜これいいじゃんとかやってると案の定抜いてしまい、抜いてしまうとエロとか完全にどうでもよくなるので、まだ動画でアンアンやってる女どもの姿が一瞬にして汚く見え、そんなことより腹が空《す》く。

そんな感じで、ｉＰｈｏｎｅがクラミジアの水際対策をしてくれている一方、俺はパソコンではエロサイトを見ないと決めていた。それは別タブでエロサイトと亜希子《あきこ》のブログを並べたり、エロサイトの後に亜希子のブログに進んだりするのが、なんとなく嫌だったからだ。

亜希子のブログを読み始めて三ヶ月くらい経つ。

すごい苗字《みょうじ》に憧れていた。俺は小学生の頃、野球選手と同じくらい戦国武将が好きだったので、伊達とか真田とか上杉とか明智とか、そういうのがいけてる苗字だと思っていた。俺はというと、田んぼに町と書いて田町で、まあ田んぼの町に住んでいたんだろうなとはわかるが、小学生の男児のハートに響く名前ではなかった。

俺が出会った人間の中で、ずば抜けてやばい苗字だったのが、亜希子だった。

天龍院《てんりゅういん》亜希子。

鬼龍院《きりゅういん》花子《はなこ》の生涯だ、と親が言っていた意味が当時わからなかったが、そういう映画があるんだと大人になってから知った。

もう何か、とんでもない神獣を操って、街だの城だのを破滅と滅亡に向かわせるような名前の女子だった。

しかし亜希子は地味だった。いま思い出しても、結構本格的に地味だった。子供の頃の記憶はあてにならないし、たまに卒アルを見るとあの子実はこんなに可愛《かわい》かったのか、という現象が起きたりもするけれど、こないだあまりに気になって親に卒アルを送ってもらって確かめたところ、現在基準で地味だった。それでも女子が成人式で化けまくる現象は日本中で起きているけれど、直感だけで判断するとたぶん天龍院はいまも地味なままだろう。地黒というわけではないが、ちょっと肌がくすんでいて、痩せてるといえば聞こえがいいが、棒のようといえば棒のようだ。顔は特に特徴がなく、目鼻口のどれもが印象に残らない。

そんな女の子なのに名前だけがべらぼうに派手だった亜希子は、当然からかいの対象になった。

「おまえ、紅白の小林幸子《こばやしさちこ》みたいな名前なのになんで地味ブスなんだよ」

ゲラゲラ、とキテレツとトンガリとブタゴリラが倍になった数の男子が亜希子を目掛けて笑う。特にひどかったのは見た目がブタゴリラのまさちんで、まさちんは自分だって見た目がブタゴリラのくせにすぐ女子のことをブスだブスだとからかった。でもまさちんは小学生にしてはちょっと表現が面白く、小林幸子と亜希子を結びつけたのは俺たちの中では革命だった。確かに、天龍院亜希子って結構小林幸子じゃね、ということで盛り上がった俺たちは、体育のドッジボールで亜希子がボールを手にする度に、やべえ、幸子ビーム来るぞ、などとからかっては爆笑した。その度に亜希子は一瞬、挙動が止まっていた。

まさちんを始めとする、俺を含んだバカ男子たちは数多くの女子をからかい、笑い、その仕返しにタマを蹴られて痛い思いをしてきたが、大多数の血気盛んな女子たちが即なんらかの報復をしてくるのと違って、天龍院亜希子は本当に何もしてこなかった。文句の一つさえなかった。天龍院は本当に物静かで地味な女の子だったのだ。

バカ男子班にはブタゴリラ枠が二人いて、一人がまさちんで、もう一人が俺だった。俺は小学生の頃、わかりやすく体格がよく、デブというほどではないが肉のみっちりした子供だった。

まさちんが結構性格が悪かったせいで、俺は性格の悪くないほうのブタゴリラだと皆に思われていたし、実際自分でもそう思っていた。そこそこ性格のいいほうのブタゴリラ。ブタでゴリラなのはともかく、まあそんなに人気も低くない感じ。だから俺は自分が悪いことをしているつもりはあんまりなかった。実際、毎回口火を切るのはまさちんか、まさちんがいなければユッピーだったし、俺は一人でいる時は無害だった。良くもなければ悪くもない小学生だった。

俺が当時の亜希子について、鮮烈に覚えていることがある。

まさちんがインフルエンザで学校をしばらく休んでいた時、ユッピーが調子に乗って独自体制を敷き始めた。ユッピーは元気なトンガリって感じで、普段はまさちんの陰に隠れているわりに、まさちんがいないとすぐ調子に乗り出す奴だった。トンガリっていうか、どっちかというとスネ夫のエキスが強かった。

俺はまさちんのすぐ誰かをいじめ出すところはどうかと思っていたけれど、それでも発言が抜群に面白いのはまさちんだったし、そういう意味での敬意があった。でもユッピーは駄目だ。普段まさちんに隠れて上手いこと機嫌取ってるくせに、まさちんがいないとすぐ調子に乗って、実はまさちんより俺のほうが面白い、みたいに振る舞い出す。

あのインフルエンザの時は、ユッピーがクラスにポケモンの替え歌を流行《はや》らせようとしていて、ウケたりしてる奴も多かったけれど、俺は全然認めてなかった。ユッピーの替え歌全然駄目。文字数合ってないし、聞いてて面白くない。こんな奴がクラスを盛り上げてるのはなんかシャクだな、と二番目のブタゴリラである俺は密《ひそ》かに思っていたが、俺は俺で面白さの才能がなかったので上手く切り込めなかった。早くまさちん熱下げろよ、と俺は恨めしく思っていた。

「幸子、紅白いつ出るんだよ。キラキラつけるリハーサル、いつから始めんだよ」

ある日、ユッピーはそう得意げに亜希子のことをいじりだした。教室掃除の最中だった。

「ホウキ、ホウキマイクにして歌ってみて。歌えって、津軽海峡冬景色」

津軽海峡冬景色は別の人の歌だし、紅白いつ出るのかって紅白は大晦日《おおみそか》に決まってる。切れ味が悪いナイフをちらつかせてるみたいなユッピーに、俺は内心苛立っていた。俺は自分では面白いことが言えないわりに、面白くないことをドヤ顔で言う奴が許せなかった。

男子、からかってねーで掃除しろや、と、いま思うとテンプレみたいなことを誰かが叫んでいた。あのクラスの女子は大体がそんな感じで、亜希子みたいな女子は異常種だった。

亜希子は俯《うつむ》きながら、一番前の机を運んでいた。

「おい幸子、サチコ・コバヤシ。無視してねーでちゃんと歌えや。紅白審査員待機させんな」

「てか天龍院、もっと普通に地味な名前だったら目立たなかったのにな。山田とか」

俺がぽろっと言ったひと言に、見た目キテレツのニシヤが笑った。山田、山田亜希子、地味、と唱えてニシヤがブホ、とウケた。それを見て俺は手応えを感じた。

「山田亜希子、鈴木亜希子、そして小林亜希子」

「幸子とすげえかぶってる」

「小林亜希子、いいな。天龍院、小林亜希子なら誰もいじってこないんじゃん。改名すれば？　紅白辞退出来んぞ」

ニシヤだけでなく、掃除班の女子たちもちょっと笑っていた。俺はちょっとヒット商品を生んだような気持ちになった。

「改名で紅白問題まるっと解決。やっぱあれだよ、そんな目立つ名前してっからまさちんに狙われんだよ。そりゃおまえが悪いよ。全然似合ってないもん、おまえに。小林亜希子のほうがいいよ、今日からおまえ小林な」

調子に乗って、とんねるずにでもなったつもりで、俺は天龍院を指差した。天龍院は教室の前へ戻した机の上から椅子を下ろし、二列目の机を取りに後方へ戻っていって、その途中で立ち止まった。

亜希子の声を聞いたのは、それが最初で最後だったかもしれない。

「そんなの、私にはどうしようもないのに」

天龍院はその場で泣き始め、教室の空気は一気に雨にぬかるんだグラウンドのようになった。

そうなると皆動きが素早く、さっきまで一緒になって笑っていた女子たちが速攻で先生を呼びに行き、ユッピーやニシヤは掃除を再開し、天龍院を前に呆然《ぼうぜん》と佇《たたず》んでいたブタゴリラの俺だけが職員室へ連行された。天龍院は俺とは別の部屋へ移され、俺は職員黒板の前に立たされながら長い長い説教を食らった。

小学校で女子を泣かすというのは死罪にあたる。

なんで俺なんだよ、と俺は思っていた。なんでこのタイミングなんだよ、と天龍院を恨んだ。まさちんやらユッピーやらに春からずっといじられ続けて、それでもずっと土の壁みたいに黙っていたのになんでこんなタイミングで泣くんだよ。小林幸子とか言い出したのはまさちんだし、俺は普段率先して悪さをしてるわけじゃない。まさちんの発言に笑ったりしてただけで、直接天龍院に何か言ったのなんて、初めてだったのに。

俺があれを反省するまでかなりの歳月がかかった。子供がみんな本当に無垢《むく》で純粋なら、小学校の先生はどれだけ楽なことだろう。

あの泣かれ事件以来、俺は天龍院が苦手になった。

翌週にはまさちんが復帰し、復帰当日に放送室から図書室までを外の壁づたいに渡って俺たちを沸かせ、そしてそれが先生にバレ、まさちんは親を呼ばれて面談室でぶたれていた。ニシヤは秋に塾でのカンニングが発覚してあだ名がカンニングになった。楽しいことならいっぱいあった。

年が明け、春が来て、修学旅行が近づく頃には俺たちも少しそういう意味で女子に興味を持ち始めていた。人気があるのは可愛くて明るい子だ。俺たちはバカ組で女子に括られていたため全くモテなかった。それでも集団でつるんでワイワイやるのは楽しくて、たまにそれに女子も交ざるようになってきて、俺は相変わらず二人目のブタゴリラ枠だったけれど遊びに不自由はしなかった。

あの頃、マサオカがこの国のヒーローだった。俺が小六の夏、甲子園はマサオカに揺れ、マサオカは甲子園通算最多本塁打数記録を更新した。俺は中学に上がったら野球部に入ろうと思い、初めてこづかいを貯《た》めてゼビオにバットを買いに行った。

その後の天龍院のことは記憶にない。中学に上がると何人かはいなくなっていた。校区が分かれた奴、私学に行った奴、いつの間にか消えてる奴は何人もいた。天龍院は私学の女子校に進んだのだと誰かが言っていた。中学に上がると、俺はマセて、とにかくちょっとでもいい奴枠に食い込もうとムッツリなりに必死だったので、小学校の頃地味な女子をいじって泣かせた過去はなかったことにしたかった。

ブタゴリラは走り込み、ゲロを吐き、昔よりはちょっとシュッとして、成長期真っ盛りの中二の夏に無事キャッチャーに就任した。決まった日はうれしくて、部屋の壁に正拳突きのマネをしていたら本当にキマって穴が開いて母親に二発殴られた。

悩みのない子供時代だった。ナイターの日は早く風呂に入って、飯を食って、何故か丸めた新聞を片手に中継を見ていた。マサオカは常にホームラン狙いだった。だから常に俺はホームランを待っていた。

ピッチャー、振りかぶって、投げた！

球とバットがぶち当たるのは、ある意味奇跡的だ。どれだけすごい打者でも、打率が四割に届くことはない。十回打席に立って挑んでも、うち七回はヒットにならず、空振りだって避けられない。マサオカみたいな選手は特に、毎回思いっきり当てる気でくるから、空振った時の空振り具合は、空振りの中の空振りだ。

だからこそ当たった時は、人の想像を真下から撃ち抜く。

「マサオカ打った、伸びた、伸びた、伸びている、フェンスを越えた、ホームラーン！　正岡禎司、神宮の空を突き破って、打ちました！」

時が変わり、俺が亜希子とある意味での再会を果たしたのは今年の春のことだった。

「幼稚園の頃の友達とやるの、マジ、興奮すっから」

園内の遊具とか思い出す、黄色いジャングルジム、と翔太はハイボールを空けて店員を呼んだ。

「んな変態おまえだけだ」

「そんなことない、だって俺ゆうちゃんとアンパンマンごっこしたなあとかすげえ覚えてんもん、俺がバイキンマンで、ゆうちゃんがメロンパンナ」

「アンパンマン不在じゃねえかよ」

大学の頃の友人でいまでも飲むのは翔太くらいだった。季節の変わり目に集まる大勢の飲み会を除けば、この歳になるとなかなか集まりにくくなる。転勤で東京を離れた奴も多く、二十五を過ぎたあたりからなんとなく疎遠になっていった。

翔太は都内の有料自習室を経営してる会社で電話受付のバイトをしていて、時給の高い深夜にばかり入っている。初めは俺と同じく新卒でＩＴ系に就職したが、即辞めて、現在までこんな感じだ。翔太は毎回、本気になったら大原、と三十までに公務員になると言っているが、いつ本気になるのかわからない。まあそれは俺も同じだ。

「つかなんで幼稚園の友達とかいま会うんだって、何繋《つな》がりよ」

「え、ツイッターとフェイスブック駆使」

「どうやって？」

「フェイスブックはとりあえず本名ガンガン検索かけるじゃん。文集とか卒アル使って。ツイッターはそれっぽい言葉検索する。意外に皆バカだから今日は鳥居中同窓会だったよ♡みたいなこと書いてるからそれで引っかかる」

「いや引っかかって、どうすんの」

「え？　引っかかったら、フォローすんじゃん。で、相手もしてくるじゃん。で、繋がったらもしかして同中《おなちゆう》？　何期？　とか聞く。そしたら私72期だよ～とかって言ってくるから、マジ？　俺71期なんだけど、後輩？　奇遇？　会う？　ってなる」

「おまえの世界、すごいな」

つーか俺自分が何期卒とか知らねえわ、とエイヒレを摘むと、積極性がセックスを生む、と翔太が豪語した。

「俺はこの手で八人やった。小中高大幼稚園オールコンプリート」

「いいからおまえそろそろ公務員なれよ」

「ゆうておまえも暇じゃん？　暇つぶしに同窓生名簿検索かけてみって、楽しいから」

新しいハイボールが届くと同時に、テーブルの上の食い終わった皿が重ねて下げられていった。ついでにウーロンハイを頼むと、店員のおっさんが振り向きざまに手早く伝票の機械を打った。

「やばい奴、結構やばい写真とか載せてるから。あいつらバカだぞ。フェイスブックにビキニ載せるし、ツイッターに顔上げてるし」

「フェイスブックとかもう下火じゃねえの」

「いや意外に皆見てはいる。あと田舎に行った奴はジャカジャカ載せてる」

やることないんじゃねえかなあ、と他人事のように翔太が笑う。都会にいようが、田舎にいようが、やることがない奴はない。俺だって、そもそも翔太と飲んでること自体やることがない証拠だし、翔太もまた然《しか》りだ。

「なんか面白いことねえかな。刺激」

「メロンパンナとセックスで十分刺激あっただろ」

「食ったパンの話はいいんだよ。これからのパンの話をしよう。マイケル・サンデル」

春、岡崎さんの復帰の件で職場は俄《にわ》かに張り詰めていた。オフィスは一つの共同体で、一つの身体を持っている。それなのに頭脳が三十も五十もあって、人の気持ちも同じ数だけあるから、どこもかしこも不調をきたすんだ。学校のクラスを解体すれば、いじめはなくなるという論調を聞く度、ならばオフィスも解体しろよと俺は思う。互いに尊敬し合わない人間たちをひとところに集めるなんて、そもそも無理な話だ。いちいち何かの度に揉《も》めるだなんて、ばからしい。ましてや女が多ければ、随時誰かの感情が撃ち放たれては、誰かがそれを跳ね返している。まるで大昔のウィンドウズの３Ｄピンボールだ。それに被弾しないように、上手く、生きるのが、くだらなすぎて、俺のハートは毎朝毎秒青く凍る。

誰も皆こうならば、日本列島には青く凍った成人のハートが一億個くらい眠っている。

「サンデルはマジで受験しねえの、公務員。もう人生の時間ねえぞサンデル」

「いや俺早生まれだから」

「自習室ヒマ？」

「超ヒマ。絶対潰れる」

「つうかおまえが自習しろよ。そして公務員になれ」

「親かよ」

「いやおまえを心配してるんでなく道連れにしたいだけ。おまえも凍れ、心臓」

「何それ閣下？」

中途で入社したての頃、俺は少し岡崎さんのことが好きだった。好きというか、まあきれいな先輩だな、程度だったのだが、それでも職場に通うやる気にはなる。黒髪ロングヘアというのが、まず、いい。

とは言っても岡崎さんは既婚者で、別に付き合いたいとかは露ほども思っていなかったので、そういう意味でのショックなんかはまるきりなかった。それに俺は丁度あの頃に早夕里と合コンで出会っていた。なんだかんだ付き合い始めは俺も浮かれていたんである。

岡崎さんが妊娠し、産休を決め、育休で一年休んだ時もめでたい話だな以外の感想はなかった。ただ、美人でデキる会社の先輩がいなくなると少し寂しかった。岡崎さんにしかわからない匙加減《さじかげん》というものがあったし、何より、彼女はうちの職場に数少ない理性的な人だったから。

だから岡崎さんが復帰し、時短で働き始めた時の職場のバッシングの意味がわからなかった。みんなのストレスのはけ口として、彼女は機能してしまったのだ。

いや、まずは亜希子の話だ。


週休二日をどう過ごすかが、大人になってからの大きな課題だ。これを制するものが、人生を制する。

制していないので、寝てばかりいた。悲しいくらい俺は眠る。転職後、余計にこの現象は悪化した。人材業界は残業が多く、毎晩毎晩十一時半過ぎに職場を出ていてはそりゃ疲れも溜まる。休みの朝は起きられない。よほどのことがない限り、俺が起きるのは正午だった。たまに早夕里と会う日も、約束は午後からだった。ここ一年は早夕里にあまり休日を割くこともなかったし、週末はノープランだった。

布団から出ない時、傍らにあるのはｉＰｈｏｎｅだった。

カーテンも開けず、エロ動画を見て、抜き、我に返って耳をそばだてると外を歩いている子供の声が聞こえてきて、こういう日曜日は本当に死にたくなる。

死にたい気持ちになるのなら、せめて家から出ればいいものの、コンビニに出るのすら面倒で俺はノートパソコンの電源を入れた。

ヤフーニュースから始まって、はてブ、ツイッター、インスタまで流し見て、さて将来のために求人サイトでも見ようかなと賢者タイムの現実逃避を始めた頃に、俺はふと翔太の言っていたことを思い出した。

いやいや下衆《げす》だろ、と思いながら、試しに中谷有紗《なかたにありさ》と検索をかけてみた。中谷有紗は俺が高校の頃好きだった、吹奏楽部のクラリネットだった。

「あ」

出た。

ちょっとびっくりするくらい簡単に本人に行き着いてしまって俺はビビる。まあそりゃそうか？　でも普通人の実名、調べなくないか？　フェイスブックだってなんだって、俺は面倒であまり繋げていない。大学で流行ってたからゼミの奴らとは一応繋げて、そこから申請してきた奴らだけオッケーして、高校までの奴らのは見たこともなかったから、皆やってることなのかもしれないけど、悪いことをしたような気がして耳がきんとした。

現在の中谷有紗はちょっと太っていたが、可愛かった。どちらかといえば濃いめの顔だ。そういえば俺は昔、濃いほうがタイプだった。大人になってから何故か趣味が変わって、大学の時の子も、新卒で付き合ってた子も、早夕里も、みんな顔が薄い。それにしても本当に皆写真を載せまくってる。俺も勝手に紐付《ひもづ》けられてたのが何枚かあるけど、それ以外は『友達まで公開』にしてる。誰かに勝手に見られることを、想定していないんだろうか。誰かの悪意を、想像しないんだろうか。

中谷有紗は写真だけでなく、日々の投稿も載せていた。主に飯の写真。

部署でお花見。飯田さんと若本さんがなんとお重でお弁当！　ありがたい！　恒例になってきました千鳥ヶ淵《ちどりがふち》のお花見も、今年で三年目。また来年もみんなで来ましょうね。私もお重を買おう！

バカそうでもなければ深刻な話題でもなく、中庸な感じで、中谷有紗はフェイスブックを生きていた。

俺が検索をかけたのは、フルネームを漢字で覚えている極僅かな女子だけだった。ようするに当時のアイドルか、キワモノだ。俺の覚えている女子は誰もビキニを載せていなかったので安心した（嘘《うそ》だ）。それに翔太の話と違ってみんなそんなに出会いにホイホイ食いついてきそうな雰囲気がない。まともそうだ。それとも俺のセンサーがポンコツなだけで、翔太に見せれば「こいつはいける」みたいなのがわかるんだろうか？

趣旨はすぐにずれる。

誰かビキニ、載せてねえわけ？

そう思うとカチカチ、グーグルにぶち込むのも速くなってきて、真顔で俺は平たいキーボードを打ちまくった。まるでエヴァの赤木リツコだ。

元々記憶力がない俺のフルネームデータは即座をつき、なんで実家から卒アルと文集を持ってこなかったのだろうと俺は後悔した。エロが絡んでいると頭がバカになってくるので、母親に電話して口頭で伝えてもらおうかとも一瞬考えたが、さすがにバカすぎてやらなかった。

翔太、なんつってたっけ、と考えつつ、本人に電話で聞くことはしなかった。俺はあまりそういうことを他人に知られたくない。翔太はきっと手を叩いておまえも検索してんの？　と爆笑するだろう。絶対やだ。

「学校名」

思わず呟き、そのまま打ち込む。みんな学校名ってどう呟いてるんだろう？　略称で入れたら古今東西の学校が引っかかりそうだし、正式名称で喋《しゃべ》る奴がどこにいる？　つーか公式HP出てきたし、萎える。

なんかあれかな、何個かキーワード入れたら出るのかな、とだんだんネットに対して下手《したて》に出始めた俺は、ゆっくりと当時についてのいろんなワードをスペースで区切って入れ始めた。しばらくして打つスピードを落としていくと、ようやく脳が落ち着き始め、次第に俺は何をしているのかという気になってきた。

鳥居、板橋、十四年前、タイムカプセル。

文字として目に飛び込んできて初めて、そういやタイムカプセルとか埋めたわ、と俺は思い出した。

同時にグーグルが瞬時に検索結果をはじき出した。

ａｋｋｔｎｒｙｎ／ｍｅｍｏ
久々の板橋。板橋にいた頃は小学生だった。板橋区立美術館で、種村季弘《たねむらすえひろ》展。人が多いので、少しはぐれた。イワシの帽子の写真が良く、図録を買う。帰りに遠回りをして鳥居小の前を通る。グラウンドが土でなくなっており、ゴム？のようになっていた。今の小学生はどこにタイムカプ

タイトルをクリックし、途切れた先の記事を開くと、薄いグリーンが基調の個人ブログが現れた。

板橋の日

久々の板橋。板橋にいた頃は小学生だった。板橋区立美術館で、種村季弘展。人が多いので、少しはぐれた。イワシの帽子の写真が良く、図録を買う。帰りに遠回りをして鳥居小の前を通る。グラウンドが土でなくなっており、ゴム？のようになっていた。今の小学生はどこにタイムカプセルを埋めるのかなと言うと、別に昔の小学生もグラウンドには埋めてなかったと笑われた。たしかに、あれはグラウンドではなく校庭だった。あのタイムカプセルはどうなったのだろう。誰かが開けたんだろうとは思うが、その場合、私のカプセルも開けられてしまったのだろうか。あれから十四年だ。私は変わらないなあと思う。帰りにルノアール。そのあと西友で葉緑剤を買い足す。

十四年前にタイムカプセルを埋めたということは、俺と同学年だった。このブログからはエロの匂いは一切しなかったが、いつの間にかそれはどうでもよくなり、こいつが誰なのか俺は気になり始めた。
指が自然とスクロールし、下の記事を目が追った。

鰆《さわら》の日
飯田橋で待ち合わせ、合流。神楽坂《かぐらざか》方面から出てぶらつく。新卒っぽいスーツの群れが多く、春なので活気付いている。桜は散っているものの肌寒く、薄手のコートではつらい。カナルカフェは諦める。坂をあがっていくものの基本的に混んでおり、いまいち決め手に欠ける。結局、いつものところ。なんだかんだ和食が一番美味しい。珍しくサワラを頼むので、へえと思う。春だからサワラなのだという。私は普通にサバを頼んだら、サバは今日終わったとお店の人が言ったので私もサワラにする。サワラ、魚偏に春と書くのを今日知る。変換しないとわからない漢字がたくさんある。難しい漢字が多すぎる。そう言っていると、君の苗字も相当おごそかだと笑われる。たしかに私とサワラでは、サワラのほうがすぐに負けそうだ。なんせ私は光線でも繰り出しそうないかつい名前をしている。

天龍院だ。直感的に天龍院亜希子だと俺は思った。

鉢の日

　鉢をもらう。バラの鉢。青山ブックセンターの帰り、お花屋さんの前を通ったのでこれがいいあれがいいと言っていると何故か鉢を買って貰った。切り花がいいと説得するも、切り花は縁起がよくないと押し切られた。そんな風習、あるだろうか？　切り花は枯れるからダメで、鉢は根付くからいいという。縁起が悪いのは根付くほうじゃなかったかと思い出すが、別に私は入院しているわけではない。そういうわけで、鉢を抱えて帰宅。私はきちんと育てられるのだろうか。低学年の頃、朝顔を一瞬で枯らした思い出ばかりが思い出される。バラの花は赤い。部屋が一気にあかるくなる。

こんなブログ、誰が読んでるのかと思ったが、そもそもこれは誰にも読ませるつもりのない日記なんじゃないかと俺は考えた。普段、俺が目にしているのは「みんな」に向けての投稿だった。「みんな」に向けての元気な投稿。あるいは読まれる前提の愚痴。山の頂上から叫び散らかすようなSNSしか俺は知らない。

比べて、天龍院のブログは狭小な井戸だった。リンクも何も貼られていない、アフィリエイトもない、密室。よく特定の友人にだけ見せているような内容のブログというのがあるけど、そういう雰囲気でもなかった。狭くて暗い井戸。天龍院そのものといえば、天龍院そのものだ。

とはいえ、実は全然関係ない人だったらつまんねえな、と思っていると、やっぱり絶対天龍院だった。

ａｋｋｔｎｒｙｎ（亜希子・天龍院）。

誰にも読ませるつもりがないわりに、セキュリティがガバガバだ。パスワードは彼氏の誕生日だったりするんじゃないだろうか？

そして俺は今更少し、考える。

天龍院亜希子はあれでいて、自分の名前を、結構誇りに思っていたのかもしれない。光線でも繰り出しそうな、いかつい名前のことを。

何がいいのか、自分でもよくわからなかったが、俺は天龍院の日記をブクマした。そして心で勝手に天龍院のことを亜希子と呼び始めた。亜希子は頻繁に更新した。頻繁、というか、ほとんど毎日のように亜希子はブログを更新していた。

亜希子の生活は、静かだ。

ほんとにおまえ、この現代に生きてるのかと思うくらい、亜希子の見ている世界は穏やかだった。

別に俺は穏やかエッセイに飢えていたわけではなくて、自分の昔の知り合いがいまこういう風に生きてるんだって知れるのが面白かったんだと思う。

天龍院亜希子はこの毎日が楽しいのかもしれない。亜希子は、この世界に満足して生きているのかもしれない。

だからなんなのかって話だけど、俺は何故かそれに救われた気がした。大昔にちょっといじめた女の子が現在幸せそうでほっとしただけなのかもしれないし、直接知っている誰かに「この世界全然アリでしょ」と横槍《よこやり》を入れて欲しかっただけなのかもしれない。帰宅すると、すぐにパソコンをつける。俺は亜希子の日記の更新を確認する。別にこんなの、趣味でもなんでもないけれど。

社内の喫煙人口は減る一方だ。元々女性が多い職場なのもあって、喫煙者は肩身が狭い。

いま喫煙所で顔を合わせるのは基本的に輪島さんだけだった。

「ここだけの話なんだけどさ、岡崎、二人目できちゃったたって」

また荒れるなあ、と輪島さんがエハハと笑った。

「え、子供すか」

「まだ安定期じゃないからって話なんだけどさ、まあ社内こんなだから、とりあえず先に上司にはって」

「じゃあ俺それ聞いちゃダメじゃないですか？」

「俺うっかり屋さんだから言っちゃうんだよな。ダメな奴よ俺は」

守秘義務すよ守秘義務、と俺が言うと輪島さんはダメな奴だなあ俺は、と繰り返した。

輪島さんはいいかげんなおっさんで尊敬出来ないが、過去の経歴のせいか見た目はだらしなくはない。むしろ、歳のわりにちょっと洒落《しゃれ》っ気を出してくる。マメに歯医者にも行くらしく、ヤニを取ってもらっているらしい。やや肌が浅黒いわりに歯が白いのが、何かいやらしい。

「おめでたいことですよ、少子化だし」

「そりゃあそうよ。そうだけど、また大荒れよ」

「大荒れ」

「岡崎は別に悪いことしてないよ。あいつは仕事出来るし、美人だし、いい頃合いで男捕まえて子供も産んで、俺から見たらおまえパーフェクトにすごいじゃんって感じだけど、そんなのこの職場にいたら針の筵《むしろ》だよ」

出る杭は打たれる、と輪島さんが短い煙草《タバコ》の火を潰す。

「つってもこんなんしょうがなくないですかね。しょうがないっすよ、と思いますけど」

出る杭とか出ない杭とか言ってないで、それをどうにかすんのが上司のあんたじゃねえのかよ、と俺に煙草の火レベルの正義感が灯《とも》る。

去年うちのグループが荒れたのは、確かに戦力としてでかい岡崎さんが産休で抜けたせいもある。でもそんなの、普通に冷静に考えたら上が人員を補充しないのがいけないんじゃないのか？　ましてやこんな、普段短期派遣だなんだって売り込んでいる会社だ、他社に紹介する前に自分のところに補充するべきだろう。

こんな、考えなくてもわかるような話なのに、出る杭があればみんな打つ。わざわざ打ちにやってくる。出る杭のあるところに人は集まる。ふみかはまだいい。去年岡崎さんのいない分の穴を埋めたのは実質、あいつだった。

だけどふみかの愚痴に呼び寄せられて、横地《よこち》さんとか蒲田《かまた》さんとかまで加わるのは違うと思うし、ましてや経理のカッ沼なんて何も関係ない。わざわざ人の悪口言いにフロアの隅から細《ほ》っそいヒールで来てんじゃねえよ。

「しょうがないっつっても俺、やだなあ。また千葉のヒステリーに巻き込まれたり、あの微妙すぎる空気ん中デスクいんの」

そもそも現段階で、島の空気はきつかった。育児中の岡崎さんは時短を取ってて、基本、十時に来て四時に帰る。みんなと違うスケジュールで動くこと自体が、人の視線を集めているんだ。ここは小学校かよ。

「でさ、次休むの年明けからららしいんだけど。産休。千葉ちゃんまた頑張ってくれるかな？」

この人もよくこんなこと言えたもんだな。

「派遣とか、短期で借りたらよくないですか？　こんな業種だし」

「いや結局あれ系そんなに残業させらんないし、一日の中での引き継ぎとか考えたら結局効率悪いでしょ。千葉くらい働く子見つけるの手間だし、派遣とかよく逃げるしさ」

「千葉ばっかアレすんのはちょっと」

「大丈夫だよ、おまえにもちゃんと振るから。去年で俺は学習した。みんなで頑張ろう、みんなで」

そういうことじゃねえんだよ、と俺は思うが、俺のこの正論だか正義感だかは長続きしなくて、灰皿に押し付けられただけでじゅうと情けない音を立てて成仏してしまうレベルの刹那的なものだ。

「俺は田町にも期待してるわけ。期待っていうか、俺は田町のこと結構気に入ってるから。うるさくねえし、喫煙者だし」

別に俺は好きで吸っているわけじゃない。大学の頃から、癖で、なんとなく買ってしまっているだけで、煙草なんてもう惰性だ。いつの間にかすごい値上げをされてしまって、一箱でジャンプコミックスが買える。輪島さんと吸う煙草より、俺はハンターハンターのほうが好きだ。でも確固たる決意が俺を動かすことなんてなく、俺はまた惰性で煙草を買い、喫煙コーナーに逃げ、輪島さんに捕まり、何かに苛立ち、正義感に火をつけ、すぐにそれを消して、そして今年もハンターハンターは出ない。

惰性惰性惰性。惰性のかたまりが血管の中を流れて、いつかそれのせいで脳に血栓が詰まってしまいそうだ。


「田町くん。ちょっと聞いてもいいかな」

延々とこの間の面談結果をまとめていると、実にいいタイミングで、岡崎さんが俺に声をかけてきた。俺は内勤時、煙草以外に休憩を取るタイミングが摑《つか》めない。全然真面目でもないくせに、いざ作業を始めると自分でやめられなくなる。

岡崎さんは人に声をかけるタイミングが上手い。

「この、林《はやし》さんて人なんだけど、林祐美《ゆみ》さん。この人、大昔に田町くんの引率で総務省の短期入ったらしいんだけど」

「林～林祐美……微妙に覚えてます、でも結構な前ですよ」

「この人、その総務省のは任期までちゃんと勤めてくれたんだけど、次のうちの仕事満了前に辞めちゃってて、でもそのあと別の大手で二年満期してるのね」

「なるほど」

「で、なんでいま問題にしてるかっていうと、英中韓ビジネスレベルで喋れるスタッフさんてたぶんこの人しかいないのね」

「規定引っかかるかって話です？」

「一応うちの社内の最終経歴としては、契約期間内で辞めた、ってことしか残ってないから微妙なんだよね。本人は親が倒れてって言ってるんだけど」

「派遣で飛ぶ人、八割くらい突然親倒れたって言うからそこはなんとも言えないですけど、まあでも本当の可能性もあるし」

「で、実際会った感じ、どうだった？」

「いやいや覚えてないっすよ、三年は前でしょ」

「正か負かで、営業のカンでいいから」

「ええ……」

ちょっと大きい案件だから途中で辞められるとまずいんだ、と岡崎さんがクリアファイルをぺこぺこ叩く。派遣スタッフの経歴書は社内で独自にまとめられ、書類の右上には通しナンバーが入っている。

「いや本当、責任取れないですけど、覚えてないってことはまずい感じはしなかったとは思いますよ」

「じゃあ田町くんを信じよう。輪島さん通してみる」

「え〜大丈夫かな……」

「いや更新でこないだもっかい来てもらった時の対応は良かったらしいのよ。常識人。それに実際親御さん倒れる場合もあるだろうし」

「そうなんですよね、本当にありますからね」

今週末、俺は静岡へ行くことになっていた。

「よし、じゃあこの人に頼もう。てかすごいよね、英中韓ビジネスレベルって何やってた人？」

「謎ですね」

「たまに謎の人いるよね、スタッフの人」

立ち話で、ちょっと盛り上がってたところにふみかが帰ってきた。初日引率で出ていたのだ。黒いスーツの上を畳んで腕に引っ掛けて、いかにも暑そうだ。

「おかえり。外暑い？」

「メッチャクチャ暑い、もー、暑い」

「中いるとわかんねえんだよな。駅から遠かった？」

「遠い。メッチャ遠い。駅から徒歩二十五分、炎天下、やばいでしょ」

「うわ、俺担当じゃなくてよかった」

「条件悪すぎだよ、あたしだったら絶対働かない」

水分摂《と》ったほうがいいんじゃない、と岡崎さんがウォーターサーバーを指す。いたって普通に。

それの何が気に食わなかったのか、俺にはまるでわからない。

「ああ、はい」

ふみかは急に酔いが覚めた人みたいにそう冷たく会釈した。カバンを席に置き、黒いサンダルに履き替えると、そのままふらっとウォーターサーバーのほうへ行ってしまった。ウォーターサーバーはオフィスの奥にあって、営業の島からは行きにくい。

岡崎さんがそれを見届ける。その細みの全身を見た時に、俺は少し何かが足りないことに気がついた。

確かに、岡崎さんは最近少し背が低くなった。ヒールの靴をやめたのだ。

「千葉さんってすごいよね」

「何がですか」

「全力で私のこと嫌いよね」

別にいいけど、と岡崎さんが笑う。

「最近間近で本物の子供見てるからさ、大人なのに子供な人見ると結構引くんだ」

岡崎さんは出る杭で、出る杭は出る杭なりに、出ない杭を内心はるかに見下している。そういうところがきっとこの人の中にはある。

それでも俺は社内では岡崎さんが一番まともだと思っていた。

「じゃあ林さんの件、進めるね。ありがとう」

岡崎さんが退社する四時頃、それを見計らって、女たちがお菓子を配りにやってくる。新宿班の横地さんがはちみつの飴《あめ》を、経理のカッ沼が例のおからクッキーを俺やふみかに配り、横地さんはついでに輪島さんの席にもお供えのように飴を置いていく。

それは何も問題のない光景だ。ただの職場の息抜きの、おやつ交流会だ。

ただそれが、岡崎さんへの当てつけのようなタイミングで始まり、彼女がまだ帰り仕度をしている最中に、彼女を全く仲間はずれにした空気を醸し出しているとしたら、どうだろう。俺でさえ嫌な気持ちになってくる。岡崎さんの言うようにこいつらは幼稚だった。しかし幼稚さは徒党を組むと、この上なく厄介なのだ。

「岡崎さん、四時ですけど大丈夫ですか？　早く帰んなくて」

突然ふみかが言う。親切心からでないことはここにいる全員がわかっている。

このメール出したら帰るから大丈夫、と岡崎さんがさらっと流す。まるで子供を相手にしている大人のように。そしてこの岡崎さんの態度がふみかにまた火をつける。空気でわかる。なんだっていうんだ。輪島さんはまだ会議から戻らない。会議より早く人員をどうにかして欲しい。毎日毎日、このくだらない争いに巻き込まれる身にもなってくれ。

定時が過ぎると、フロアの明かりが省エネに移行する。まず通路の電気が消え、人のいない島も暗くなる。人事や経理や総務の島は、だいたい年中、夜は暗い。

それに比べて営業島はいつでも眩《まぶ》しい。中でも、品川二班は俺とふみかの二段構えだった。

「腹空くな」

すかねえ、と尋ねると、すいた、とふみかも呟いた。会社で夜を迎えると会社員は妖怪になる。実りのない仕事を続けていると、気が抜けて水分も抜けて、何をするのも嫌になって、自分の意志でデスクを離れることすら出来なくなってくる。

十時を回り、花の金曜日の寿命は着実に近づいていた。

「ふみかいま何やってんの」

「こないだばっくれたバカの報告書」

「誰」

「新規だから田町くん知らないよ」

「今日中？」

「いやもう輪島さん帰ったし、いいんじゃない」

あたし今こ、ってりした上質な脂が食べたいんだけど、と急にふみかが勢いよくデスクを離れた。デスクチェアのまま遠のいて、その場でくるくる、回っている。

「ラーメンてこと？」

「フォアグラ食べたい」

「知人の結婚式でも行け」

「田町くんフレンチおごってえ」

「夢はいいから今晩の飯考えよ。なんかねえかな、目新しいの」

あっさりこってりだったらこってり？　と尋ねると、和か洋なら洋、とふみかが即答する。俺はビールが飲めればなんでもいい気がした。

「なに、探してくれてんの」

「近場な。あ、お好み焼き屋オープンだって」

「全然洋じゃないじゃん」

「ここらの洋、高いんだよ。仕事帰りに行くとこじゃないだろ」

ネットで調べて、ああだこうだと言ってたのに結局、俺たちはいつもの居酒屋へと繰り出した。焼き鳥がメインの安居酒屋で、全然洋ではなかった。接客がほどほどにやる気がなくて、俺はこの店が好きだ。

「うわ、お通しはずれだ」

お通しのピリ辛メンマを、ふみかは食べない。ふみかはラーメン屋でもメンマを残し、よくメンマを俺に寄越《よこ》してくる。

「全然、はずれてねえし、メンマ美味《うめ》えし」

「割り箸食べてるみたいじゃない？　絵面《えづら》」

「おまえ想像力豊かすぎねえ？」

焼き鳥の盛り合わせに、エイヒレに、もろきゅうととん平焼き。シメにお茶漬け。毎回毎回、ほとんどこのメニューばっか頼んでいる。一番コスパがいいコースがこれ、と俺とふみかん中でなんとなく決定されていて、あまり他のメニューを頼む気にならない。

こういうのがダメな人と、平気な人がいる。俺もふみかも平気な人だった。たとえば早夕里なんかは絶対にこういうのがダメなタイプだ。毎回、ちゃんと、違ったメニューを、バランスよく、摂る。

まあ確かに焼き鳥の盛り合わせというメニューは、美味しいけれどつまらない。

「社内、やな感じだよね。ずっと」

深刻そうにふみかがそう言い出したので、俺は驚いた。

「と、いうと」

「え？　わかんない？　わかるでしょ、普通」

「いやわかるけど、どういった視点で」

暑《あ》ッついな、エアコン利いてんの？　とふみかがひとり言を言う。肘をついたふみかの、白い乳もテーブルに重たく乗っかってしまった。

「岡崎さん常に感じ悪いじゃん。誰のせいでこの一年半しっちゃかめっちゃかなのかわかってる？　って感じ」

いや感じ悪いのはおまえだろ、と言いたかったけど、すんでのところで呑《の》み込んだ。

「あの人さ、まあ美人ですけど、いっつもしらっとしててムカつくんだよね。私あなたがたとか一切相手にしませんよ的なオーラ、全く隠さないじゃん」

「そんなオーラ出してねーだろ」

「それ田町くんが男だからわかんないんだよ。別に産休育休の話で言ってんじゃないんだよ。元々岡崎さんてすげー評判悪いじゃん。シャープに生きてますよ、みたいな素振りすげー鼻につくよ」

「男女の話出されたらそりゃわかんねえよ」

「あんな態度されたら私がバカみたいじゃん。私だって好きできゃーきゃーカマキリにお菓子貰ってんじゃないいんだよ。あれだって仕事のうちじゃん。そういうところ、ないがしろにするから嫌われるんだよ岡崎さん」

カマキリカツ沼のお菓子配りはマジで誰を幸せにしてるんだよ、と思ったが、あれがカマキリの人生唯一の生き甲斐《がい》だったらそれはそれで重すぎて一体どうしたらいいんだろう、と俺は酔った頭で考えた。

「最近ネットとかでも見るけどさ、あれマジだね、岡崎さんみたいな女が女の評判落としてんだよ。当たり前だと思ってるじゃん。自分が結婚して子供産んで、それが最高に正しいコースだから他人がサポートするのは当たり前だって思ってる。私が去年、どんだけ死んだ顔で毎日毎日終電だったか知らないからそういう態度取れるんだよ」

「いや別に感謝してるんじゃないの、そういう風に見えないだけで」

「そんなの感じでわかるじゃん。てかまず岡崎さん私のこと超嫌いじゃん」

「わかんねえけど、まあ男だからわからないかもしれないですけどね、俺から見たら全然、悪い人じゃねえよ、あの人」

「それ田町くんが面食いだからじゃん」

いや別に面食いじゃねえよ、と俺は言い返す。別に取り立てて美人と付き合ったことはない。早夕里も好きな顔だけど、普通だし。

「田町くん、美人には甘いよね」

「甘くねえだろ」

「甘いよ、私にも甘いじゃん」

はあ？　と言うと、うひゃひゃひゃ、とふみかが身をよじって笑った。頬が染まって、出来あがっている。

掘りごたつのテーブルの向かいで、ふみかがべろべろ酔っ払うと、だんだん姿勢が崩れてきて、隣りに誰もいないのに誰かにしなだれかかっているように見えてくる。

「てか私も全然仕事してる場合じゃないよね、早く結婚してこんなクソ会社辞めよ。子供欲しいし」

「婚活すんの？」

「田町くん結婚しないの？　彼女いるよね」

「しねーよ」

「そんなはっきり言っていいのかって。私覚えとくからね」

「何が」

「もし田町くんがいまの彼女と結婚したら、本人に言っちゃお、あいつとは結婚しねーよって前、言ってましたよって」

おまえ悪魔？　と聞くと、ふみかはまた爆笑した。

それは単に、ふみかがやたらと尻が突き出てるタイプの体つきで、スーツが似合わないくらい胸がでかいからなのだが、こうやって個室でほの暗い照明の下、顔を合わせているると、無理矢理やりたいくらいの気持ちがたまに突発的に押し寄せる。

「いやでもあれだな、ほんと早く結婚して子供産も。で、専業やる」

「日中暇じゃね」

「岡崎さんみたいに永遠にシャキシャキすんの私無理。とっとと家庭に入って、毎日朝ドラ観たい」

お飲み物ラストオーダーです、と店員がのれんを開ける。なんか飲む？　とふみかに尋ねると、お冷やください、とふみかは店員に言った。俺は追加で生を頼み、その間にふみかはスマホをいじり始めた。

「終電平気？」

「へーきへーき。あ、でもやばい、うちら関係ないけどいま京浜東北止まってんだって。悲惨」

「へえ」

「あ、ねえ、またヤク中逮捕だよ。ギタリスト。あれだよ、マサオカの売人ルートから芋づる式ってやつだって。ウケる」

ツイッターで回ってきた、とふみかが画面を見せる。スマホの光は青白く、昭和をモチーフにした裸電球の居酒屋の中で、異質に四角く輝いた。

ＬＥＤライトの日

ユニットバスの電球が切れた。朝、支度をしている時だったのでそのせいでいつもより遅く会社へ。夜、落ち合ってカレーを食べたのちにそのことをやっと思い出す。ＬＡＢＩがまだ開いていたので、ＬＡＢＩへ入った。私が電球をカバンにそのまま突っ込んでいたのがばれ、叱られる。こんなの簡単に朝の電車で割れてしまうという。確かにそうだ。電球コーナーに行くと、何やらいろんな種類の電球があって、白いのもそうじゃないのもあって、現物を持ってきてよかったと思った。同じものを買おうとすると、ＬＥＤにすれば？と言われる。普通のやつは値段が安いから、と言ったところ、ＬＥＤは物凄《ものすご》く長持ちすると言われた。十年は交換がいらないらしい。それならまあいいかなと思い、購入。家で付け替えている時に、ふと、でも十年後は私はこの部屋に住んでいないのではないかと考える。十年後の私は、どういう部屋で、誰と暮らしているのだろう。

東京は雨だった。静岡の予報を見ると、あっちでは雨が降っていないらしく、俺は折りたたみ傘で行くことに決めた。一泊なので荷物はほぼなかった。

家を出る頃、早夕里からＬＩＮＥが入る。

いまバイト終わった。一旦家帰ってる。こっち雨降ってないよ。駅で待ってまーす。

早夕里はよくウサギのスタンプを使う。元々入ってる、表情のバリエーションが豊富なキャラだ。

ウサギはよく号泣したり、爆笑したり、派手な感情表現に長《た》けているけど、早夕里本人は感情が表に出にくい女だ。早夕里が淡白なメッセージを送ってきた後に、ウサギが陽気に駆け回ってるようなスタンプが貼られてくると、その温度差にビビる。床を叩いて笑っているウサギのＬＩＮＥスタンプを、早夕里はどんな顔で押してるんだろうか。

静岡へは、早夕里のお父さんのお見舞いで行くのだった。来て欲しいと言ったのは早夕里だった。彼女の親に会うというイベントは俺史上初だったが、緊張するでも盛り上がるでもない。別に結婚を申し込みに行くわけでもないし、とは思うけど、果たして向こうがどういうつもりなのか俺には全然読めない。

結構、人によっては人生の一大イベントのような気がするのに、俺の気持ちはフラットだ。別にすごく嫌だとか、ナーバスなわけではない。ただただ平坦《へいたん》。俺はまだ新幹線に乗り込むより先のことを何も想像出来ていない。まるで自宅から二番目に近いコンビニへちょっと遠出していくみたいだ。気軽すぎるし、軽薄だ。

三時の新幹線だった。腹が減ってるのかそうでもないんだか、何の味が食いたいのかわからない気持ちがぼんやりと巡る。品川のエキュートでぶらつき、いろいろ見たけど大層なものを食うのも億劫《おっくう》で、結局立ち食い席のあるそば屋に入った。

冷やしコロッケを持って立ち食い席へ向かうと、奥のカウンターにこちら向きで立っていた女性が手を挙げた。思わず、人違いかと思って俺は後ろを振り返る。
一、二歩歩み寄って目を細めると、彼女が誰かわかった。
「田町くん何してんの」

岡崎さんは笑いながら手を振っていた。普段よりかなりカジュアルな服だった。柔らかそうなデニムシャツの袖を肘まで捲《まく》ってて、下はくるぶしまでのスカート。

まるきり休日の奥さんじゃん。

「いやいや、そっちが何してんすか」

「ジムの退会。ず～っと休会扱いにして月千円取られてたの、忘れてて。てか、目、悪いの？」

「平日はコンタクト入れてるんで」

「そんなアディダスで仕事？　家近くだっけ？」

俺はアディダスとでかく書かれたTシャツを着ていた。

「いや、これから新幹線なんですよ」

ミャー！　と猫の鳴き声のような乳児の声が店の外から聞こえてきて、反射で声のほうへ顔を向けると、その動作の間に俺は輪島さんの言っていた話を思い出した。

椅子のあるカウンターから丁度、じいさんが立ち上がった。

「座ってください、あそこ空いたから」

俺が促すと岡崎さんはいぶかしんだ。

「なんで？」

「なんでって、安静にしないと」

言い終わるとともに、そういえば俺は知らない設定だったな、と思い出した。岡崎さんの妊娠。

「輪島さんさあ、本当口軽いよね」

岡崎さんがそばを啜《すす》る。ずるずると、上手いことそばが飲み込まれていくのを見ながら、俺はなんとも言えない気まずさを味わっていた。

デリケートな話題だよなあ。

まあそうなんですよ、実は、と岡崎さんがコロッケを食《は》む。

「なんか、すみません」

「まあ輪島さんが勝手に言ったんでしょ、困っちゃったよ〜とか言って」

「あの、おめでとうございます」

「まだ安定期じゃないから言うなっつったんだよ、あのおじさん」

まあもうしょうがないからいいけど、と言いながら岡崎さんがカウンターの左へ詰めた。俺は黙ってそこへ身を収める。空いた椅子にはもう別の客が座ってしまった。

箸でそばの上のコロッケを割る。割って、少ししゃばしゃばになるまで汁にくぐらせて、ややくたっとなったのを口に運んだ。ジャンクに美味《うま》い。

「私もそれ〜」

「冷やしコロッケ」

「そう。毎年夏はそれ」

「へ〜初めて食べますけど」

「学食みたいで美味しいよ。旦那に何その組み合わせって言われるけど」

へえこの人旦那のこと旦那って呼ぶんだな、とかなり今更なことに俺は気がつく。職場ではあんな感じだし、自分から家の話をする人でもないから、俺は岡崎さんの家庭の話をあまり聞いたことがない。

岡崎さんの指輪は金だ。いつも左手の薬指には誠実そうな金の輪がはめられていた。

「田町くん私服めちゃくちゃアディダスじゃん」

「どうもすいませんアディダスで」

俺はスポーツブランドで私服を固めていた。どうせ汗を掻《か》くし向こうで着替えようと思って、お見舞いの時用の薄手のジャケットと替えのTシャツは荷物の中に入れてきていた。

「新幹線さあ、何？　旅行？」

「旅行〜ではないですね」

「どこ？　大阪？」

「静岡」

「わかった結婚式だ」

「彼女の親の見舞いです」

ひゅう、と唇を丸めて岡崎さんが囃《はや》し立てる。

「ご挨拶じゃん」

「岡崎さんもしました？」

「そりゃするよ」

したんだ。

「いや、でもなんていうか今回は本当に純粋なお見舞いというか、結婚の話出てるわけでもないっつか」

「そうなの？　まあなんにせよ、頑張って」

ていうかものすごい不謹慎？　だけど、こういう仕事してると本当に人の親って倒れたりするんだ、って思っちゃうね、と岡崎さんが言う。その感覚は俺にはわかる。どいつもこいつも、現場から飛ぶ時の文句は「親が倒れた」だ。それでも、ひと言あるだけましな部類だけど。

そば屋を出て、改札方面へ向かう途中、キオスクの前を通るとスポーツ新聞の見出しポスターはマサオカ一色だった。

マサオカ転落。マサオカ地獄の禁断症状。マサオカ黒い繋がり。マサオカ死の摂取量。

岡崎さんがそれに目を留めて、お、と言う。

「田町くんてスポーツ何やってたんだっけ？　野球？」

「高校までですけどね」

「体ぼろぼろなんだってねマサオカ」

昼のニュースもいま全部これだよ。子供、アレしてる日とかテレビつけてるけど、と岡崎さんが言う。

「いま旦那が見てるけど帰ったら即交代だあ」

「お子さんすか」

「最近結構動くから体力がやばい。三十代ＶＳ一歳児」

肩バキバキよ、と岡崎さんが肩を回す。細い肩だ。岡崎さんは俺が入ってきた頃からずっとしゅっと細くて、子供を産んで帰ってきてからも全然体型が変わっていなかった。昔、俺の母親が俺を産んでから太っただのなんだのと言っていたけれど、いまのお母さんたちはみんなこうなんだろうか。

別れ際、最近また迷惑かけ通しでごめんね、と岡崎さんは言った。

「そんなことないですよ」

「いやほんと小児科ばっかかで申し訳ないわ。予測出来なくて」

「ていうか、なんか、持つものとかあったら言ってください。俺やるんで」

持つものって何、と岡崎さんに聞かれ、咄嗟に思い浮かばず、段ボールとか、と答えると、彼女は笑った。

「いや、ほんと段ボールとかですよ」

「あんまそういう仕事ないでしょうちら。でもありがと」

品川駅の構内はいつ来たって混んでいる。スマホ片手に突進してくるガキとか、我先にと他人を押しのけるリーマンとかがぐちゃぐちゃうねっていて、ここを身重の女の人をひとりで行かせるのははらはらする。

俺がもしモーゼだったら、あの人ごみをふたつに分けてやれるのに。

静岡駅に着くと、二ヶ月ぶりの早夕里がいた。早夕里は髪をばっさりと肩で切っていた。パーマのあて方なんかもたぶん違ってて、こんなに髪型を変えられたら一瞬誰かと思う。

「譲～」

改札の外で手を振る早夕里に手を振り返しながら、俺は切符を手探った。一瞬、あれねえな、と慌て、財布の中まで調べたが、結局尻ポケットに入っていた。

「何、切符なくしたの？」

「あったあった」

「何やってんの」

早夕里はいつもより少し機嫌が良さそうで、ちょっとハイだった。俺が改札から出ると、早夕里は俺のバッグと紙袋に手を伸ばした。

「あ、いいよいいよ。なんも入ってないし」

「千疋屋《せんびきや》だ。ゼリー？」

「うん。おみやげ」

「今日、来てくれてありがとうね」

出だしから直球で、じっと見つめられ、俺は少し焦る。

「てかさ、髪、切った？」

「え？　今更？　あれ、写真送んなかったっけ」

「いつ切ったん」

「こないだ。なんかばっさりいっちゃった」

早夕里が揃《そろ》えた指を髪の先端へあてる。その指に、かなり前に俺があげた指輪がはめられていることに気が付いた。

「最初どうすればいい？　直で病院行くなら着替えるけど」

「いや一回ホテルに荷物置きに行っちゃって、それから行こう。面会夜まで大丈夫だから」

駐車場、地下だからと早夕里がエスカレーターを指した。運転出来んの？　と尋ねると、静岡県民なめたらいかんに～、と早夕里が笑う。

エスカレーターで早夕里のひとつ後ろに乗ると、うなじが見下ろせた。春までずっと、長かった髪が、肩から少し浮いたボブに揃えられていた。色味も少し淡い。なんだか別の女になったみたいで戸惑う。

現地に着いてなお、俺はあまり現実味を持てなかった。早夕里はニコニコと雑談を続けていたが、実際のところ何を考えているのか、わからない。

車が走り出すと、早夕里は前方を見たまま言った。

「お見舞いさ、ありがとう。わざわざ」

「何であらたまってんの。んな他人行儀な」

俺は笑ったが、言葉の選び方的に外したなと思った。

車は親父《おやじ》さんのものなのか誰のものなのか、普通の紺のセダンだった。長い間使ってそうな雰囲気があるが、小綺麗《こぎれい》で、シトラスの芳香剤の香りが微《かす》かに漂う。

さっきまでいい感じだったのに、密室だと突然行き詰まる感覚に陥る。

「お父さん具合どう？　最近」

「かなりよくなってきてる。いま歩行のリハビリ頑張ってるよ」

「そっか。よかった。早夕里は？　慣れた？　塾講のバイト」

「まだ全然だけどねえ。向いてはないけど、まあぼちぼち」

「中学生ってことは受験じゃん。結構責任重大じゃねえ？」

「中三はベテランの人が見てるし、中一の夏期講習だから。特に。まあ短期だし、今後もやるかわかんないけど、あんま街で生徒に会いたくないないなとは思う」

「へえ」

「塾講なんて子供のネタになるからさ、なんでも噂《うわさ》になるんだよ」

車が曲がる度にウィンカーのカチカチ、という音があらかじめ響く。俺は早夕里が運転するのを見たことがなかった。実際、早夕里が東京で運転をしたことはなかったと思う。俺は女の子が運転する車に乗ったのは初めてだった。

早夕里は工学部出身で、俺より数段いい大学を出ていた。院へは進まず就職し、就職的には文転して、二ヶ月前まで専門商社に勤めていた。それなりに仕事にもプライドを持ち、自身のキャリアを意識していただろう早夕里が、父親が倒れた時に結構無茶な辞め方をして地元に帰ってしまったのが俺には意外だった。同僚たちだって、きっと意外だっただろう。

車は東海道を進み、交差点の前でまた右ウィンカーを光らせた。

ハンドルを回す腕の緊張と緩和。何故かそれがやたらと目に焼きついた。髪を切った早夕里。車を運転する早夕里。見たことがあるようでない静岡の街並み。どれも俺には馴染《なじ》みがない。

「こないださ、塾で大変だったんだよ。受け持ちの子が机にラブレター入ってた、とか言ってギャーギャー騒いじゃって、女子なんだけど、キモいとかキモくないとか言って黒板に現物貼りだしちゃってさあ。名乗り出た男子泣くし、意味わかんなかった」

早夕里はずっと、塾の話を絶やさなかった。すぐにやってくるだろう沈黙を回避するために。

「中学生とかほんと宇宙人。何考えてるか全然わかんない」

早夕里の手は常に八時二十分の位置でハンドルに置かれていた。すっとした背筋。

俺も火を絶やさぬように、適当に喋り続けた。

「宇宙人って言えばさあ、アメリカにはもう宇宙人が紛れ込んでて普通に住んでるらしいよ。メンインブラックみたいだけど、マジな話って昨日ネットで見た」

　リハビリセンターへ着くと、正面玄関前で陽気そうなおばさんが立って手を振っていた。かしこまった服で真珠なんかをつけていたから、どこの人だろうと思ってたら早夕里のお母さんだった。

　お母さんはすぐに俺の手を両手で握った。

「初めまして～早夕里の母でございます！　この度は遠路はるばる、お仕事休みにわざわざ、どうもありがとうございます」

「初めまして、田町譲と申します。こちらこそお時間いただいてありがとうございます」

「お荷物、ほらお荷物、サユ」

　早夕里のお母さんが、俺の紙袋を持てと早夕里に合図した。ジェスチャーの激しいお母さんだ。

「いえ大丈夫です、こちらおみやげなので」

「あら～どうもお気遣いいただきまして、すみませんねえ～」

　激しい恐縮に俺は申し訳なくなった。ゼリーじゃなくて、メロンでも買ってきたほうがよかったかな。

「すみませんねえ、ふつつかな娘で」

「いやそんなことは全く、本当に」

「お父さんいま起きてる?」

早夕里が動じず割って入った。慣れてるんだ。

「とっくに起きてるに、もう着替えて待ってるでね!」

この人から本当に早夕里が生まれたのか、と懐疑的になるくらい、早夕里のお母さんは陽気ではっちゃけた人だった。でもお母さんのおかげで、さっきまでの車内の微妙なムードが霧散した。

親父さんはどんな人なんだろう。

「もうねえ、今日は一番ご飯食べてたんですよ。過去最高。デザートのゼリーまで全部ぺろり。病は気からって本当だら、いいことがあれば人間、すぐ健康になるんですねえ」

センター内のエレベーターは広く、奥行きがあり、搬送用のストレッチャーのことを思い起こさせた。

早夕里のお父さんが倒れたのは勤務先の小学校だった。公立小学校の教頭をやっている早夕里のお父さんは、全校朝礼のあと、校庭の脇にある花壇に水をやりに行き、蛇口に手をかけた瞬間に意識を失った。

運良く、校庭に出ていた理科の授業中の児童たちにすぐに発見され、お父さんはそのまま病院へ搬送された。脳出血だった。

病棟内には所帯じみたアットホームな雰囲気があった。誰かの家に上がったような感覚。部屋着の、毛玉のついてるカーディガンを引っ掛けたおばちゃんが、のそのそとつかまり歩きをしている。そんなに広くない廊下で、入院中の高齢者と若いナースが静かにすれ違っていく。

大部屋の扉は開け放たれており、入るといくつかのカーテンで仕切られていて、開いているカーテン、開いていないカーテン、ついているテレビ、ついていないテレビ、人のいるベッド、人のいないベッドがそれぞればらばらに置かれていた。

入るとすぐ、右側の一番手前のベッドの人が右手を挙げて笑った。

「どうも、この度はわざわざありがとうございます。馬場吉太郎《ばばよしたろう》です。早夕里の父です」

馬場吉太郎さんは、彼女の親とか、そういう感じがしなかった。ちゃんと自分が個人的に出会った一人の人間という感じがした。

「初めまして、田町譲と申します。早夕里さんとお付き合いさせていただいています」

印象は何秒で決まる、みたいな本があった気がしたけど、確かに人の印象は瞬間的に決まってしまう。俺はひと目で、この人のことが好きになった。

教育者として長年やってきたらしい目をしている。俺の小学校の教頭先生もこういう感じの、やさしい先生だった。校長は嫌いだったけど教頭は好きだった。子供は無意識にその人の善性を見極める。この人は大丈夫だ、と無条件に安心出来る大人がいると、子供はすぐにその人になついてしまう。

俺はもう子供じゃないしとっくに大人になっていたけれど、いまだにそういう部分を残していた。自分がしっかりしていないせいで、こういうしっかりした大人の傍《そば》にいると俺は居心地がよくなるんだ。

「おみやげ、ゼリーなので。召し上がってください」

「あらあ、もう、あら、こんないいもの、ありがとうございます」

お母さんが恐縮モードに拍車をかけながら紙袋を受け取った。みやげを無事渡せると、なんとなくほっとする。

「今日は、新幹線で？」

お父さんが尋ねた。

「はい。静岡は初めてです」

「いや、わざわざ東京から申し訳ない。本当はもっとおもてなしして差し上げたいんだけどね、こんなことになってるものだから」

お父さんが半袖シャツの左腕を、右手で摑んで持ち上げる。別の重い何かを持ち上げているかのように。

「これでも随分よくなったんですよ～、今日は食欲もあるし。言葉も全然、わからんら？　こんなに言葉の回復が早かったのは、いつも朝礼で沢山喋ってたからかもしれないですねって看護師さんが言ってくれたんですよ」

早夕里の母が携帯を開き、今日の昼の病院食の画像を見せて、これ、さっき完食しました、と俺と早夕里に誇らしげに言った。

明るいというのは財産だ。暗い方面へ曲がりそうになる度に、早夕里の母親がいい意味で話の腰を折っていく。

「確かに沢山食べられると、自分でも気持ちがいいね。底力みたいなものが蓄積されていく感じがする」

「そうだら～、なんでも病は気からだもんで、いまはとにかく食べて力をつけんと。退院したらお肉は？　すき焼きでもいいに。おとりよせがどうのって、こないだサユ、テレビでやってたじゃんね」

「ネットで買えるって話。なんか選んどく？」

早夕里はいつもより柔らかい雰囲気で、娘として彼らの傍らに静かに寄り添っていた。早夕里はこの人たちの自慢の娘に違いなかった。

そう思うと、自分が今日ここにやってきた意味のことを考えざるを得ない。

せっかくだし、ちゃんと観光連れてかんと、と早夕里のお母さんが高い声で早夕里に言った。

「天気悪いけど、どこ見せたらいいかね。三保《みほ》海岸でも行く?」

「降らんなら今のうちに行けば? あとは鰻《うなぎ》じゃんね。坂井《さかい》さんちの鰻行きな、おこづかいあげるに。坂井さんてところの鰻がね、一番美味しいんですよ」

三保海岸ていうのは名勝地でね、みんな行くんですよ。一番いいところだから日が暮れる前に見てってください、と早夕里のお母さんが病室の時計を見上げた。東京から地続きの空模様は、真夏の昼間を白っぽく陰らせていた。

この人たちは、俺が今日どういう役割で来たと思っているのだろう。俺はどんな風に見えているのだろう。俺は早夕里とどうなりたいのだろう。

結婚してもまあいいかくらいの気持ちと、別にそれほどでもないんじゃないのという気持ちが毎秒揺れ動く。東京にいる間はそれでもよかった。そんなのみんな、誰でも考えてることとだ。

でもここに来て、親御さんに会って、その前で、まあ別に結婚してもいいかみたいに思うのは誠実さに欠けすぎている。それは心の中でもダメな気がする。

俺の中に、少しでも人助けみたいな気持ちが混じっているのは、この人たちに失礼なんじゃないのか。

「田町くんは、何かスポーツをやってたのかな」

お父さんが俺の脚を見て、俺を見上げた。俺は太腿《ふともも》から尻にかけてがやたらとボリュームたっぷりで、スーツが全然似合わなかった。

あの日、絶対に聞かれると思っていた結婚の話題は馬場さんからは振られなかった。

「はい。高校まで野球を」

「当てよう。キャッチャーかな」

「そうです」

「がっしりしてるね、いまは何かしてるの」

「いえ、いまは何も」

「キャッチャーといえばマサオカの世代かな」

お父さん失礼だに、と早夕里のお母さんは何かを早とちりして照れていた。一連のスキャンダルのことを言っているんだ。

早夕里のお父さんは毒気のない穏やかな目をしていた。

「そうです、マサオカの世代です。自分はマサオカに憧れて、マサオカになりたくて野球を始めました」

長い長い海岸沿いを走っていた。病院を出るとすぐに細かな雨が降ってきて、ワイパーがその粒を伸ばし潰すようにフロントガラスを拭っていた。

「ごめんね、なんかうちのお母さん、先走っちゃって」

「いや、普通そう思うと思うし」

「お母さんああいう感じなの、昔から」

別れ際、一階まで見送りに来てくれた早夕里のお母さんは、うちの早夕里をよろしくお願いします、と俺の手をきつく握りしめた。お母さんは結構若そうな見た目だったのに、その手には深い皺がいくつも走っていた。

俺はその真摯さに応える返事をまだ持っていない。

「いいご両親じゃん」

「そうかな〜」

「お父さんも元気そうで、安心した。すごい、先生って感じした」

「結構よくみんな、友達とかも言うんだよね。ああいう人だから、好かれやすいみたい」

早夕里が左手を伸ばして音楽をつける。車に置きっ放しにされてそうな赤のウォークマンがカーステに繋がれていた。

明るい曲が流れればいいな。

「海から見れるかな、富士山。ちょっと雲行き怪しいな」

「何海岸だっけ」

「三保海岸。三保の松原って知らない？」

「有名？」

「有名だよ、ユネスコ登録されてんじゃん」

「景色がいいんだ」

「景色がいいよ。あと天女がいる」

「天女いないでしょ」

「いるんだよ。天女が、羽衣かけた松がある。あれは絶対見とかないと。すごいおっきいの」

「へえ」

少しずつ車がスピードを落とす。前の車の停止に合わせて、早夕里の車も停止する。ずっとずっと前の車を止めた赤信号が、時間差でこの車をも止めにきたのだ。

信号を待っている時も、早夕里は両手できちんとハンドルを握っている。

「ぶっちゃけた話なんだけど、譲、私と結婚するつもりある？」

弱い雨がフロントガラスを叩き始める。ガラスに落ちた粒はすぐワイパーに流されて、なかったことになっていく。

天気が変わるのはいつだって突然だ。

「結婚っていうか、婚約してるふりだけでもいいんだけど、脳とかって再発多いらしくて、もしかしたらお父さん長くないかもしれないって話はお母さんとよくしてて、だから譲がよければ口裏だけでも合わせてくれないかなっていう、勝手な」

　この時俺は何を望まれていたのだろう。オッケー口裏合わしとくね、なんてことで、よかったんだろうか。早夕里はどう思っていたのだろう。早夕里は本当に俺と結婚したかったんだろうか。それともやっぱりただただ家族のために適当に身を固めたかったのだろうか。それとも、俺みたいに、自分が何を考えて何を言っているのか、いまからどこへ向かおうとしているのかも、わからなくなっていたのかな。

「俺ももっと、ちゃんと考えるから、とりあえずで親にそういう嘘とかつくのはやめようよ。俺も、ちゃんと、考えるから」

　早夕里はわかった、と言って、それからその話はしなかった。


　海岸に着く頃には、雨は本降りになっていた。それでも俺たちはなんとなく外へ出てみた。グレーのジャケットがぽつぽつと黒く濡《ぬ》れていく。

　あれが富士山、と早夕里が浜と海のあわいを突っ切るように指差した。ぼんやりと、北の空に左右対称の暗い影が浮かんでいる。思っていたよりもかなり巨大だ。

　別にやることはなかった。髪も服も濡れてきて、こりゃ車のシートが濡れるな、と思ったけど、黙っていた。

早夕里はざくざくと海岸を歩いていた。大粒の砂利にヒールの足元を持って行かれながら、平均台を歩くように両手を広げて進んでいた。一人遊びをしている子供みたいだった。早夕里は小さい頃ここで遊んだりしたんだろうか。

「絶景が台無しだねえ」

「晴れてる時ならよかったな」

「もったいなかったね」

次また来ようよとは早夕里は言わなかった。

車が動き出して、大きな道路を少し走ったあとで、天女の松を見なかったことを思い出した。別に取り立てて見たかったわけではなかったが、何かが後ろ髪を引いた。あれは絶対に見ないと、と言っていたのは早夕里だった。俺はいつかのタイミングで早夕里が天女の松見忘れちゃったね、と言い出すと思っていたが、結局その時は来なかった。

数えてみれば半年ぶりに早夕里を抱いた。それには努力を要した。頭ん中のエロはもっと馬鹿みたいな衝動で生まれて、ワクワクげらげら、楽しいものだ。なのに目の前の早夕里はワクワクげらげらなんて全然しない。俺には早夕里が何を考えてるのか全然わからない。義務的な意味合いのセックスはむなしい。ホテルの静けさに僅かな頭痛が生まれる。雨の海辺なんて、出なければよかったんだ。

翌日の新幹線ホームに、早夕里のお母さんは見送りに来てくれた。うなぎパイを箱で二つ持たせてもらい、職場へのみやげのことなんかすっかり頭になかったので助かった。次来る時は晴れてるといいですねえ、とお母さんは笑っていた。

「じゃあありがとうございました。お父さん、お大事に」

「こちらこそどうもどうも、ありがとうございました。今度はぜひ、家のほうにも遊びに来てください」

「今回はお見舞いありがとう。また連絡するね。気をつけて」

早夕里は最後、少しの間俺の手を握っていた。まるで普通の恋人同士みたいに。

新幹線が静岡を出ると、途端に頭が冴《さ》えてきた。新幹線の車内は静かで、流れていく車窓をぼんやりと眺めていると、昨日今日のことが夢のように思えた。帰宅したらその気持ちはもっと強くなるだろう。

この時代にネットや携帯がなかったら、もう一生早夕里と会わないこともあったのかもしれない。

鰻の日

雨。休日なのに足元が悪いのは嫌だ。私はいまだに長靴を持っていない。雨の日は黒のスリッポンを履いてしまうけれど、こんなの全然気に入ってない。こんな靴で外に出るのは憂鬱だ。土用の丑《うし》の日にやや遅れて、鰻屋へ。早稲田。開店より早く着いたにもかかわらず、もう何人も並んでいた。ここはいつもこうなのだという。順番を待って中へ入ると、小ぶりながら上品でいいお店だった。鰻も美味しい。鰻屋は山椒《さんしょう》がいい。こういうところへは一人で入れない。一人では行かれないところが世の中にはたくさんある。そのうちのどこまで私はあの人と行くことができるのだろう。あの人はきちんとした、雨用の靴を持っていた。

昼過ぎの、微妙に小腹が空いている頃合いを見計らってロッカーに紙袋を取りに行った。うんうん唸《うな》りながらエクセルを打ち込んでいるふみかの目の前にうなぎパイをぶら下げると、静岡？　と尋ねられた。

「田町くん静岡行ったの？」

「行った。土日」

「なんで？　結婚式？　親戚？」

「その真ん中」

何それ怪しい、とふみかはすぐに透明な袋を切ってパイに齧《かじ》り付いた。ほろほろ、薄いパイ生地がこぼれて、黒いスカートに雪みたいに舞い落ちる。

俺も一枚食べてみると、じゅっと奥歯のあたりから唾液が出た。甘さが美味い。

「富士山登った？」

「登んねえよ」

「鰻は？」

「鰻は美味かった。あとあれ行った、天女の海岸」

「何それ」

席に戻った輪島さんがデスクの上のパイを見つけ、お、誰から、とそれを掲げた。

「田町くんからです。静岡行ったらしいですよ」

「へーどうも。彼女？」

「え、そういうこと？」

「いや全然別件すよ」

面倒なので早夕里のことは会社では黙っていた。

「田町くん、いまいちわかんないんだよなあ」

「え、何が」

「な〜んかそういうとこ、胡散臭《うさん》いんだよなあ」

値踏みするような目でふみかが俺を見上げた。輪島さんがエハハ、と笑うが、別に何も面白くはない。

「千葉ちゃんは田町好きだよなあ」

「好きじゃないですよ」

「千葉は田町は好きで、岡崎が嫌いで、じゃ俺は？」

「セクハラだ。公開セクハラですよ」

輪島さんノリが昭和なんだよな〜、とふみかが呆《あき》れていると、輪島さんがまあみんなで仲良くやろうや、とオチのない結論を満足げに持ってきた。

岡崎さんのデスクの上のうなぎパイは、そのまま置かれたままだった。


「田町くん、ちょっといい」

普段全然話すことのない総務の中村《なかむら》さんに呼ばれ、俺たちは人の少ないホワイトボード横へと移動した。中村さんは嫌味のない常識人って感じの人で、区立図書館の司書とかにいそうな感じがする。

「君に言うのもなんなんだけど」

「はあ、何系の話ですか」

「岡崎さんなんだけどね、さっきトイレですっごい吐いてて」

「えっ」

「フラフラで本当にやばそうだったからとりあえず付き添って、五階の医務室いま連れてったとこなんだけど、本当だったら同じ島の女性に言いたいんだけど、あそこ仲悪いじゃない」

輪島さん上司だけど、おじさんだし、医務室来られたら嫌でしょ、と中村さんが営業の島を見やった。

「でも誰にも言わないわけにもいかないから、田町くんがニュートラルだ、と思って」

「え、どうしたらいいんすか。帰れない感じ？」

「まだ帰るのも厳しいと思うからさ、寝かしといてあげて。で、この後彼女が何入ってるかわかんないからそこ確認してあげてくんない？　営業の話、私わかんないからさ」

岡崎さんは今日二件外回りがあって、夕方そのまま帰るはずだった。ということはまだ時間がある。

「ありがとうございます。とりあえず仕事のほう確認します」

「お願いね。ありがとう。医務室の電話番号、デスク前に貼ってある紙に書いてあるから」

ひとまず島に戻り、岡崎さんのＰＣで予定を確認すると、十五時に東品川でスタッフと待ち合わせとあった。メールを確認しても特に変更はない。

いま十四時二十分だ。まだ間に合う。

突然岡崎さんのデスクに座った俺をふみかは怪しんだ。

「田町くん勝手に人の席で何やってんの？」

俺はふみかと輪島さんを交互に見た。

「いま総務から聞いたんですけど、さっき廊下で岡崎さんが倒れちゃって下の医務室で休んでるらしいです。ので、十五時からの桜林会《おうりんかい》の引率、俺行ってきます」

自分のワークチェアから上着を剝ぎ取って腕に引っ掛け、デスク下からカバンをもぎ取る。

「岡崎それ大丈夫なの？」

「中村さんによると、もうちょっとしないと自力で帰れなさそうらしいです。ので、ほっといてあげたほうがいいかもしんないです。まあ保健師さんいるから大丈夫とは思います」

島の外線が鳴り、ワンコール鳴るよりも早くふみかがそれを取った。

「はいＨＳ……今います。輪島さん、岡崎さんから」

保留を回された輪島さんが、普段よりも高いトーンで受話器を取った。

「はい輪島。うん丁度いま聞いた。大丈夫？　桜林会の件、いま田町がやってくれて、いまもう出るから。間に合うっぽいから大丈夫。なので、とりあえずちょっと休んで、帰れそうになったらこっち顔出して、なんか引き継ぎあるならあるで、そういう感じにしましょう」

俺は輪島さんの電話が終わるのを待っていた。上司席の後ろの窓の向こうは晴れていて、少し離れた隣りの商業ビルの壁に清掃が入っているのが見えた。

「ほかは大丈夫って。じゃ、田町さん、すいませんけど、頼むわ」

東京駅までは地下通路をずっと行く。冷房が効いているおかげで小走りに急いでも汗は掻かなかった。革靴は走るとすぐに傷むというけれど、仕事中に咄嗟に走りだすこの感じは嫌いじゃない。なんらかのアクシデントで突発的に、何かを少し急《せ》くのはわりと好きだ。俺は仕事が嫌いじゃない。

靴の底がすり減る。営業の靴はそれでいい。

無事スタッフの女の子と合流し、事務局まで引率して、先方も彼女を気に入ってくれて、全部オールオーケーだった。こんなの別にいつもの仕事の風景で、全然特別なことじゃなかったけど、俺は少し高揚していた。

俺が、俺の力でもって、ちょっとだけ上手く職場を回した満足感が残る。小さな優越感。

こういうことが毎日起これば、毎日自分を褒めてやれるのに。

翌日、翌々日と、続けざまに岡崎さんは休んだ。岡崎さんの仕事は俺とふみかに振られた。外回りは全部俺が代わりを引き受けたかったけれど、自分の案件とかぶるところはふみかにやってもらうしかなかった。

「なんか最近彼女、見かけないけど」

おやつ時にやってきたカツ沼が俺の肩をトントンした。

「ちょっと体調悪いみたいで、休んでて」

「ええ？　こんな何日も？　インフルエンザ？」

「いや知らないですけど……」

学校じゃないのよ学校じゃ、とカツ沼が嫌味ったらしく呟く。うるせえな、人には事情があるんだよ。

外回りが多くなると、その分事務作業が滞る。自分の分と、岡崎さんの分、扱う案件が多くなっただけ埋める書類も増えていく。どこまでやって、どこからがやってないのかもだんだん曖昧になってくる。

深夜まで残っているのは俺だけではなかった。ふみかもまた、昨日、一昨日と終電で帰っていた。

「田町くんは嫌じゃないの？」

帰り仕度をしながらふみかが呟いた。ふみかは自分のデスクに美容家電を置いていて、毎日きちんと帰る前にコンセントを抜いていた。

時計を見れば十時だった。まだ早いんだな、と思った時点で、感覚が狂っている。

「見込み残業の話？」

「つまんないからボケないでよ」

「こういうのは持ち回りだからさ」

「持ち回ってたらいいけど全然回ってないから嫌なんじゃん」

ただでさえ迷惑かけてるんだからせめて体調管理くらいすればいいじゃん、とふみかが言う。

ふみかは、岡崎さんが妊娠していることをまだ知らないのだ。

「俺、ふみかがインフルなった時おまえの案件やってやったよ」

「え、いつの話」

「忘れたけど、おまえがインフルになった時。あん時は岡崎さんも、あともういないけど加藤《かとう》さんもおまえの分の仕事やってたよ。輪島さんは何もやってねえけど」

そういえば昔は加藤さんという人もいて、その人は温和な人で、旦那さんの転勤がきっかけで退職してしまった。あの頃は岡崎さんもまだ子供がいなくて、ガンガン働いていて、俺もふみかもまだぺーぺーで、特に争いごともなく、結構楽しかった。

「あの頃のここの島の空気、普通に全然よかったじゃん。俺はああいうほうがいいな。どうせやる仕事一緒ならさ、仲良くやったほうがいいじゃん」

　輪島さんが普段なあなあで口にしている言葉をいつも寒いと思っているのに、つい自分も似たようなことを口走ってしまう。でも職場の人間関係はグチャグチャしてるよりはあっさりしてるほうがいいに決まってる。

　ふみかは納得いかない顔をしていた。

「それはそれとしてさ、みんなふみかは仕事出来ると思ってるし、だから仕事回ってくるんだし、そこらへん評価されてるよ」

「評価されんのと仕事量増えんのは別じゃん」

「まあそうだけどさ。まあまた焼き鳥でも食って頑張ろうって話」

　ｉＰｈｏｎｅのホームボタンを押すと、特に何の通知も入っていなかった。

　俺もパソコンの電源を落とし、帰ることに決めた。

「やっぱビールは偉大だよな。焼き鳥とビールでどうにかなるわ、俺は」

「田町くんほど単純じゃないんだよ、みんな」

「まあそう言わず、一杯やってこーぜ」

　深夜のオフィスはほの暗く、舞台の照明のようにそれぞれの残業島だけをこうこうと照らしていた。蛍光灯の真っ白い光が、誰の顔色をも悪く見せていた。

俺は早夕里のことを思い出していた。宙ぶらりんになっている早夕里との関係。数日前に雨の海辺を歩いてたなんて嘘みたいだ。

『俺もちゃんと考える』ってなんのことだ。三保海岸なんていつの話。職場にいるとそんなの全部、夢の話みたいに思えてくる。

お能の日
神楽坂で矢来《やらい》能楽堂。歌舞伎は行ったことがあるけれどお能は初体験。演目は『羽衣』。笛の音がずいぶん眠気を誘う。そして残念ながら、即暗転。昨日寝るのが遅かったのがだめだった。終わったあと、申し訳なくなり困る。逆に能に興味がある人はすごい。どういったきっかけで興味を持ったのかと尋ねると、好きな作家が紹介していたからららしい。帰りは飯田橋へ下りてカナルカフェ。夜も暑いので水辺が丁度よかった。ここは春は桜で満開になるのだという。私は桜の時期にここへ来られたことがない。来年の春にまた、一緒に来れたらいいのに。

出社した岡崎さんは、珍しく髪を一つにまとめていた。着いたのは昼過ぎだった。誰が見ても具合が悪いのだと一目でわかるくらいに、それはいつもすっとしている彼女とはかけ離れた姿だった。

輪島さんが俺とふみかと岡崎さんを会議室に呼んだ。なんの件か、ふみか以外は全員わかっていた。

「今後のことを考えてですね、チームでは共有しようということになりました。岡崎さん、現在妊娠四ヶ月です。本当は安定期に入ってからってことだったんだけど、体調が随分きつくなってきたみたいで、昨日一昨日みたいな場合もあるということでね、ここで先に共有しようということになりました」

「申し訳ありませんが、よろしくお願いします」

頭を下げた岡崎さんの顔は紙のように白かった。

「だからね、まあここは助け合いなので、岡崎タスクは今後他のメンツに振っていきます。幸い、我が社は今後新宿・渋谷エリアに力を入れていく予定なので、長い目でみたらちょーっと案件は減ってくれると思う。けど、まあ普段よりは忙しくなる日もあるでしょう。頑張りましょう」

「替えの人って、入るんですか」

ふみかが呟いた。

「替え。替えは、産休入ってからの話？　それはまあ去年の件があるからね、短期のスタッフくらいは手配するかもわからないけど」

「いや、今。足りなくないですか、頭数」

輪島さんの張り付いた笑顔の強度が増した。

「今はまだいるからね。岡崎さんが」

「でもあんまり来れないんですよね」

「でもいるからねえ、本人が。ちゃんとねえ」

輪島さんは大変だけど明るく行こう、と誤魔化す気満々だった。この人にはもう何を期待しても無駄なのだ。そんなのこの三年間でわかりきってたことなのに。

この場で妙なことにならなければいいなと思った。ふみかの言い分は正しい。だけど、岡崎さん本人の目の前で揉めるようなことはしちゃいけなかった。

「おめでとうございます。体調、大事にしてくださいね」

切り替えるように俺が声をかけると、追ってふみかもおめでとうございます、と呟いた。綿《めん》の糸のようにすぐに途切れてしまいそうな細い声だった。

「職場に迷惑ばかりかけて、本当に申し訳ありません。今回思っていたより体調が辛《つら》くて、あと上の子も保育園で熱を出しやすくて、穴を空けてばかりで本当に皆さんには、ご迷惑おかけして」

岡崎さんがこんなぺたぺたと喋るのを見るのは初めてだった。目がうつろだ。いまだって、本当は会社に来られるような体調じゃないんだろう。その辛さは俺には想像出来なかったけど、一人目の時は産休前まで傍目《はため》には普通に働いていた気がする。前回とは勝手が違うのかもしれない。

ふみかが荒れなければいいな、と思っていたけど、意外にふみかはその日、静かだった。おやつタイムでやってきた横地さんやカツ沼は相変わらず会話の端々で岡崎さんを面白おかしく叩いていたが、珍しくふみかはそれに乗らなかった。俺もふみかもその日はデスクワークで、一日中社内にいた。一日中、どこにも出ないのはストレスが溜まる。逆に事務の人は外に出たくないらしいけれど、俺は一日のどこかで必ず外に出たいタイプだ。

台風が近づいていた。

「こりゃ定時で上がったほうがいいな。どのみち本社からお達し来そうだあ」

台風18号が北上し、予報では今夜にかけて首都圏も暴風域に入るようだった。社内もその話で持ちきりだった。時短の岡崎さんは四時丁度に帰り、俺もさすがに今日はさっさと上がろうと思っていた。輪島さんも珍しくやたらと念を押していた。

「おまえら残業しないでね？　俺が怒られんだから」

「いやさすがに帰ります。電車止まっちゃうかもしれないし」

「たまにはノー残業デー。早く帰って彼女と会うもよし、美味い飯を食うもよし」

「いやいや電車止まりますって、今夜はマジで」

ふみかをちらりと見ると、つまらなそうな顔でパキパキとエクセルの表を作っていた。

ふみかは営業なのに、事務作業がかなり速い。

「もう終わりそう?」

「うん平気」

「なんか最近元気なくね」

「別に～」

徹夜明けみたいに覇気のない顔で、ふみかはエクセルを打ち続けた。

「久々に娘と顔合わせて飯でも食うかあ。じゃ、お疲れ」

定時になった瞬間に、輪島さんがネックストラップを外して席を立った。おっさんのわりにはシュッと縦に長い後ろ姿を横目で追いながら、ふみかがでかいあくびをする。

「てか輪島さんて娘いんの」

「え?　いた気がするけど」

「へ～知らなかった……」

ねむ、とふみかがもう一度大きなあくびをする。

「お疲れじゃん。俺らももう帰ろうぜ」

「田町くん直帰？」

「直帰て何」

「もうこのまま家帰る？」

「帰るよ、電車止まるし」

「いま私がスーパーミラクルマッハ無限大酒飲みたいって言っても絶対帰る？」

「え、マジ？」

「今日飲まなかったら死ぬくらいに考えてるんだけど」

「極端すぎるだろ」

「焼き肉とビールおごって」

「焼き鳥とビールの間違いだろ」

トリならいいよ、と言ってみると、ふみかがぐるりと回る椅子ごと振り返った。

外へ出ると、ビル風が意志を持った大きな布のようにぐわりと全身を撫《な》でた。こんなコンクリだらけの街なのに、生ぬるい、土みたいな匂いがする。

何も考えず、会社の近場《いえちか》で済まそうと思っていたら、ふみかに止められた。

「もうちょっと家近のほうがよくない？　最悪タクシー捕まえればいいし」

「出てから言う？　おまえどこだっけ」

「新井薬師《あらいやくし》。池袋あたりまで出ようよ」

「池袋ぉ、あの辺行くってか」

「ここらからタクシーなら遠すぎじゃん、戻って地下から行こうよ」

ふみかに背を押されて俺はビルの中へと引き返した。手のひらの熱は二枚のシャツを即貫通する。

閉まっていく自動ドアの隙間をぬって、あばれた風がぴゅひゅうと鳴いた。

嵐が騒音を巻き起こす。騒音は静けさに似ている。


池袋西口を出てすぐの、俺らがいつも行っているチェーン店の池袋店を目指した。すでに雨足はかなり強くなってきていて、ばらばらと傘に数千の小豆が落ちてくるような音がした。

「ひでえ」

「足元やっば」

店に入るとすぐに店員が案内をしてくれて、こんな天気なのに中は活気づいていた。学生の集団が騒いで歌っているのが聞こえる。東京にはどんな時でも自分と似たような行動をする人間がいくらでもいるのだ。

案内された個室は、裸電球の垂れ下がった掘りごたつの部屋だった。昭和っぽい雰囲気をわざと演出しているこの居酒屋は、若い奴に人気がある。

「私、イモ焼酎ロックで〜」

「んなごついの最初から行くの？　俺プレモルにしよ」

つうかおまえ焼酎ダメじゃん、と聞くと、イモはいけるイモは、とふみかが豪語した。

ふみかがテーブルに備え付けの注文用タブレットをそのまま手に取る。

「これってさあ、どんくらいで減価償却出来んのかな」

「何？　デンモク？」

「え、これデンモクっていうの」

「いや知らないけどカラオケ屋のデンモクに似てるじゃん」

「あ〜。てかカラオケもこれでご飯頼むとこあるよね」

「人件費削減なんだろうけどどんくらいで元取れんのかな。これ専用のシステムとか、作ってるわけじゃん。結構初期投資でかくない」

「どこもかしこも人件費削減だよ。将来はペッパーがお通し持ってきてくれるよ」

「何？　ペッパー警部？」

「え、ロボットじゃん。知らないの？　たまにテレビとかでやってんじゃん」

知らね、と言うとふみかが何故かウケた。田町くん結構そういうの疎いよね〜、と何やら愉快そうににやついている。

　こいつ機嫌いいな。

「これだよこれ。ＣＭとかで見たことあるっしょ」

　ふみかが突きつけてきたスマホの画面には、白い人型ロボットが映っていた。

「藤子・Ｆ・不二雄の世界じゃん」

「ドラえもんもそんな遠い話じゃないかもよ。で、うちらが担当するのもゆくゆくはペッパーとドラえもんになんの。よくない？　派遣スタッフペッパーとドラえもん。たぶん絶対バックれないし遅刻しないよ」

「むしろ俺らが奴らに管理されんだろ。俺、藤子先生ならキテレツが好き」

　ぶへ、とふみかがまた噴いた。

「何か笑う要素あった？」

「藤子先生て言う人初めて見た」

「いやいや先生だろ。俺ドラえもんよりコロ助派」

「台風怖いナリ、キテレツ〜」

「それそれ。ドラえもんはやや説教くせえじゃん」

　尻ポケの中でｉＰｈｏｎｅが震えていた。

「何にしよっかな〜たまにはあれ食べたい、なんだっけ、焼きそば入ってるほうのお好み焼き」

「広島風？」

「それ。あ、あった。田町くん何いる」

「肉」

「ざっくりしてんな〜。じゃ串盛りとサイコロステーキにしよ」

ふみかがデンモクをピッピとタッチしている間に、テーブルの下で俺はｉＰｈｏｎｅの電源を落とした。

台風大丈夫？

ホーム画面で見たメッセージに既読はつけなかった。

「野菜系皆無だけど一回頼んじゃった。漬物とか頼む？　サラダでもいいけど」

「いいよ好きなの頼んで」

「何〜太っ腹じゃん」

「台風サービスデーなんだよ」

飲み物を持ってきた店員が、訛《なま》りのある日本語で焼酎とプレミアムモルツを置いていく。店員が個室を出たあとで、いまの人って中国人かな、とふみかが言った。

「中国人最近メッチャ多いよね。私大学の時二外チャイ語だったんだ」

「何か喋れんの？」

「ニーハオ、シェイシェ～」

「そんなん俺だって知ってるよ」

は？　ムカつく～とふみかが俺の脚を蹴った。掘りごたつの下は灯《あか》りが届かずに暗く、いつもどこか湿った印象がある。なんだよ、と俺が軽く蹴り返すと、やめてよ、と言いながらふみかは笑った。

イモだの米だのにかかわらず、ふみかは焼酎に弱かった。一杯目の中盤を越えたあたりで、すでに顔がかなり火照っていた。寒い地域の子供みたいに、頬が真っ赤に燃えている。

「いま目の前、かなり揺れてる」

「だから言ったじゃん」

「でも最近ストレスフルだったから丁度いい」

舌ったらずに呟くと、ふみかはまたグラスに口をつけた。唇の跡がグラスの縁に赤い。

「ここ何日か、変じゃね」

「そう？」

「いつももっと激しいじゃん、性格」

田町くんあたしのことなんだと思ってんの？　とふみかがまた脛《すね》を蹴った。今度は結構痛い。

向かい合って距離を縮めると、テーブルの上で手と手が触れ合いそうだった。レトロな照明が大袈裟な人影を落としていた。

「正直、岡崎さんまた消えるって聞いてふみかキレんだろうなと思ってた」

「正直すぎるでしょ」

「でも逆になんか意気消沈してっから」

「別にい」

「最近、常にダウナーじゃん」

「別にそういうわけじゃないけど、なんか、そっか、と思って」

「どういう意味？」

「仕事がとか職場がとか言ってないでやったもん勝ちなんだってこと。私がいま嫌なメに遭ってんのも、全部自分のせいなんだよ」

いまは岡崎さんが叩かれる側で、私が褒められる側でやってるけど、十年後二十年後考えたらみんな私が夜中まで残業したとか、誰の仕事かぶったとかなんて全部忘れて、私のそのことはゼロになってて、でも岡崎さんの息子だか娘だかは十歳になって、二十歳になって、そういう確かなものが残ってるわけだよね。

負けてんだなあ、私、とふみかが犬のように軽く自分の指の関節を噛《か》んだ。ふみかの爪は小石のように小さく、そこだけやたらに幼い。

「なんでも勝ち負けにすんなよ。別に十年後なんか誰も考えちゃいないだろ」

「去年さあ、やばかったじゃん。仕事山積みで毎日終電で土日も出た時あったでしょ。それが原因かどうかは知らないけど、私去年彼氏と別れちゃってさあ。それでも去年はあんま気にしてなかったんだけど、今年二十七んなって、あ、やばいな、と思ったんだよ。田町くんにはわかんないかもしんないけど」

男の子にはわかんないんだよなあ、とふみかが視線を泳がせた。まるで何か、宙に飛び回る新種の蝶《ちょう》を見つけたみたいに、酔っ払いの視線はまるくたゆたう。

「田町くんも彼女と結婚考えてんでしょ」

ふみかの追う蝶が止まった。

「彼女が静岡なの？　遠恋《えんれん》？」

「まあ、そうっちゃそうだけど、そんな上手いこといってるわけじゃねえし」

「私も昔、遠恋したことあるけどさあ、結構タイミング合わなくなるよね。電話とかもそうだし、話題も」

「そういう感じ」

「よく会ってるの？」

「いや、こないだが久々。もう半年ぶりくらい」

ふみかはついにグラスを空にして、溶けるほどに熱そうなため息を漏らした。目がトロトロ、こぼれそうにうるんでいる。電車、どうなってんのかな、とふみかがスマホをいじった。だらしなく姿勢が傾くと、シャツに詰め込まれた胸が腕に押されてさらに突き出て見える。

東京に来る台風は、何故か毎回予報よりも規模がかなり小さくなる。店を出る時に調べたら、電車は武蔵野線と東西線以外は通常運転のままだった。傘を忘れたＯＬが、カバンを頭に走っていく。風の強い雨の街にも、それなりに人があふれていた。

肉っぽい体つきの子とやるのは初めてで、ちょっとＡＶみたいで興奮した。ふざけて何回も体位を変えたし、普段彼女にはやれないようなことをした。ふみかも異常なくらいに濡れてて、頭に血が上った。職場の女の子を脱がすのはやばい。背徳感にチンポが溶けて、そのまま脳天を白くぶち抜かれそうだ。

終わった後、こいつ仕事辞めないかな、と一瞬頭によぎり、心底自分が嫌になった。

「ピザ頼んでいい？」

ふみかが裸のままテーブルの上のメニュー表を取りに行った。

「いいけど、腹減ったの？」

「減ってないけど見たら食べたくなった」

ふみかがフロントに電話をかけるのを薄目で見ながら、眠さとだるさに襲われていまにも寝落ちしそうだった。このまま体がスライムみたいなぬるい液体になって、ベッドに染み込んでいってしまいそうだ。

ラブホテルに入った時のことなんて覚えてないけど、やることやったらなんでこんなところ来てしまったんだろうと後悔した。なんだこの部屋。壁掛けのテレビはモニタの縁が薄く、きっと最新のもので、その下にある棚の中にはWiiとプレステ4が入っていた。マイクがあるからカラオケも出来るんだろう。誰がラブホでマリオパーティするっていうんだよ。

冷凍らしきピザはすぐに届いた。ドアのところの受け取り口に入れられたピザを受け取ったふみかは、それを皿ごとベッドへ持って来て、肘をついて寝そべった。

「絶対落とすだろ」

「へーキでしょ」

「シーツ汚れたらどうすんだよ」

ピザの一切れを摘み上げ、ふみかが上を向いてその先端を食んだ。ピザの上では丸いサラミが反りながら乾いていて、ピーマンの輪切りと細すぎる玉ねぎが赤いピザソースの隙間から見え隠れしている。

ふみかは黙々とそれを食いながら、スマホを見ていた。俺は腹が空いていなかったので貰わずにいると、いつの間にかふみかは半分以上を平らげていた。

そんな腹減ってたのかな。

先にシャワーを浴び、出てくると、ふみかは同じ姿勢でうつ伏せになりながらまだスマホをいじっていた。

タオルで体の水滴を取り、髪をがしがしと拭う。替えのパンツなんてないから、穿《は》いてきたやつをまた穿いた。すげえ嫌な感じ。

「田町くんって、野球、ピッチャー？」

突然の質問だった。

「いや、キャッチャー」

「なんだ」

「なんだって何」

「野球ってピッチャーが一番カッコいいイメージ」

「偏ってんな。そりゃそうだけど、それだけじゃねえよ」

「キャッチャーってあれしか知らない、今話題の、マサオカ」

俺は備え付けのバスローブに袖を通し、腰をとめて、冷蔵庫からビールを取り出した。

「キャッチャーならマサオカ好きだった？」

「当然。サイン貰いに俺、神宮行ったし」

「へ〜。貰えるもんなんだ」

「まだ実家に飾ってる、サインボール」

「あんなすごい人気だったのに今や一世風靡《いっせいふうび》のヤク中だもんねえ。毎日見るよ、ヤフーニュースで」

ベッドに腰掛けるとやたら尻が沈んだ。スプリングがいかれているんだろう。

「俺、最初小学校の時はさ、中学上がったらサッカーやろうと思ってたの。Jリーグ、流行ってたじゃん」

「へ〜」

「でも甲子園のマサオカがカッコよかったから、俺も野球やろうって思ったんだよ」

「ふうん」

「マサオカって当時、俺らが子供ん時とか特に、すごかったじゃん？　ヒーローっていうか」

「うん」

「でもプロんなってから神宮で会えた時にさ、ちゃんと挨拶返してくれて、サインくれる時にガキの俺の目の奥までしっかり見つめてくれたんだよ。興奮したね。やさしかったわけ、そん時の目が」

想定していたとおり、ふみかはピザをひっくり返した。薄く干からびたピザソースの赤は、白いシーツに意外なまでに染みた。そこで話は終わってしまった。ふみかは野球の話なんて本当は興味なかったんだろう。

念のため、水をつけたティッシュで拭ってみたけど全然染みは落ちなかった。

「しょーがないね、これ」

「だから食うなっつったじゃん」

服着れば、と俺が促すと、ふみかは床に落ちてた服をひとところに集めてベッドに腰掛け、パンツに片足を通した。膝を立てた足のつま先に、焦げ茶色のマニキュアが塗られてあって、何故かそのことをよく覚えている。

時間が来て、俺たちはピザソースのシーツをそのままにして部屋を出た。電車は全線通常運転へ戻っていた。

「分担の話だけど、男スタッフ優先的に田町に回すわ」

輪島さんが年季の入ったジッポーで煙草に火をつけた。換気扇の音が耳障りに、ずっと喫煙所をざわめかせていた。

「そんなにいますか、男性派遣」

「岡崎んとこにまとめてたんだけどさ、この機会に丁度いいや。おまえやってくれや」

きついかもしんないけど頑張って、と輪島さんが肩を叩く。上司、というか、輪島さんの仕事というのを俺はよく知らない。輪島さんは俺たちのように現場へ行くわけではなかった。もちろんデスクワークに忙しいわけでもない。この人は普段、何をしているのだろう。

「この業界ね、女性はピンキリよ、実は正社員《セイシャ》より全然働けたり、逆にてんでやばかったり、いろいろいるけど、男は結構一律にやばい。うちは事務職が主だから余計にね。詳しいことは岡崎に聞いて欲しいんだけど、まあ苦労すると思うよ。今までも結構、岡崎が先方に頼み込んで上手いことくぐらせてきたようなの沢山あるから」

岡崎さんはそういう意味でも仕事が出来るのだろう。その美人営業から、こんなクマみたいな男に担当が代わったら、先方も態度を変えてしまいそうだな。

「後で戻ったら新規のファイル渡すから。まあ最初は大変かもしれないけど、スタッフ的には案外おまえのほうが気楽でいいんじゃないか？」

「どういうことですか？」

「想像してみろ、自分が結構現状やばくてこの先人生やべえなあって思ってる時に仕事紹介してくれるのが仕事バリバリっぽい美人のねえちゃんだぞ、男のプライドがキツいだろ」

岡崎は結構そういうの滲《にじ》み出るタイプだからな、と輪島さんが煙を吐いた。笑いながら煙を吐くと白い影が揺れる。千葉なんか滲み出るどころか露骨に顔に出るしな、と輪島さんは芝居っぽく眉を顰《しか》めた。

「千葉ちゃん最近おとなしいね。あれ、どしたの」

「や、知らないですけど」

「まさかおまえらデキてんの？」

「いやいや、そんなんないですよ」

「あ、おまえうなぎパイはどうなってんだよ。静岡の女いたろ」

「プライベートっすよ、プライベート」

「最近の若い奴は雑談続かなくてダメだな。男同士にプライベートもクソもあるか」

俺トイレ、と言い残して輪島さんはそのまま喫煙所を出て行った。社内を歩く時、このおっさんは無意識に肩を回している。俺もいつか四十肩対策をし始める日が来るのだろうか。

ひとり残され、深く二回、煙草を吸った。尻にバイブを感じ、ｉＰｈｏｎｅを取り出すと早夕里からＬＩＮＥが入っていた。

今日電話していい？

いま返事しなければ自分が一生返事をしないような気がして、俺はすぐに返信した。

いいよ。何時？

早夕里のお父さんは先日無事に退院した。早夕里もひと息つけたことだろうと思っていたら、全然そんなことはなかった。いろんな本やらネットの情報やらを調べ尽くした早夕里は、お父さんの再発の危険性に必要以上に怯《おび》えるようになっていた。早夕里は電話口でよく泣いた。俺はその正体のない不安をどうしてやったらいいのかよくわからなかった。

俺はあれからふみかと二回やった。やってる間はメチャクチャに興奮したけど、やった後、自分の汚いところが湯船の垢《あか》のように際限なく浮かんでくる気がした。それに懲りて、もうやる気は起きなかった。

十一時半とかでいい？

了解〜。

ウサギのスタンプはハイテンションに大きくＯＫのフリップを掲げていた。

この世に逃げ場というのはないんだ。

デスクに戻ると、コアラのマーチが置いてあった。

「誰からっすか」

「私〜」

前の席の岡崎さんがふざけた口調で手を挙げた。

「いいんですか？　なんで？」

「結構前だけど、うなぎパイのお礼」

そういえばそんなこともあった気がする。随分前の話だ。

「別にいいのに。あれ貰いものだし」

「そういえば静岡どうだった？　どっか行った？」

「まあ例の見舞い行って、海岸行って、鰻食って」

「いいじゃん。富士山すごかったでしょ」

「雨降ってたんで、あんま見えなかったですけど」

「つつがなくご挨拶出来た？」

「かなり、宙ぶらりんですね」

「あら」

俺コアラのマーチ超久しぶりなんですけど、と封を切ると、ウッソ私週一で買うよ、と岡崎さんが中学生みたいに言い張った。

ここ数日、岡崎さんの体調は安定しているようで、遅刻や欠勤は見られなかった。ふみかは以前より周囲に当たらなくなり、黙々と仕事をこなしていた。俺は何故か奥歯の向こうに口内炎が出来た。その話を岡崎さんにしていると、ビタミン足りてないんじゃないの、とトイレ帰りのカツ沼が割って入った。

疲れてんのかな。

かわうその日

獺祭（いま初めて変換した）というお酒を貰う。ダッサイ、と読むらしい。高いお酒らしく、確かに美味しい。美味しいというか、他の日本酒をよく知らないけれどこれは美味しいなという気がした。ダッサイってなんですか、と尋ねると、かわうそのいたずらだという。かわうそは、殺した魚を並べて遊ぶ習性があるらしい。かわうそといったら、可愛らしいイメージなのに、なんだか少し恐ろしい。食べもしない生き物を遊びで狩るのは人間だけだなんて、昔本で読んだりしたけれど、あれは全然嘘だ。かわうそは遊びで魚を殺す。帰り際、思い出トランプを借りた。人の家の本棚は不思議な感じがする。

暗闇で着信音が鳴る。早夕里はしゃくり上げながら泣いていた。

「なんかあった？　大丈夫？」

「なんかあったわけじゃないんだけど、最近、夜になったら不安になる」

お父さん再発したらどうしよう、と早夕里がか細く呟いた。ぐしゃぐしゃになった紙切れのように頼りない声だった。

俺は女の子が泣いているのの傍にいるのが上手くなかった。人を慰めるのは難しい。俺の慰めの言葉はいつも上ずって空ぶって、誰の心にも真摯に届かずに、ただ自分の心を冷やしていく。

事情が事情なだけに泣くなよとも言えないし、俺は八方ふさがりだった。

「今日は？　リハビリ行ったんでしょ？　どうだった」

鼻を啜る音が聞こえ、嗚咽《おえつ》が早夕里の声を太くくぐもらせた。

俺が知っている、俺が東京で出会って三年付き合っていた馬場早夕里とは違う女の子が、電話の向こうで泣いていた。

「脚とか、よくはなってきた。リハビリの時間も長くなってきたし、いま階段やってる」

「よかった。食欲は」

「食欲もある。全部食べてる」

「そっか。前聞いてた時より、絶対よくはなってきてるよ。こないださ、行った時はまだご飯初めて完食とかそんな感じだったじゃん」

「うん」

「絶対よくなってきてるよ、大丈夫だよ」

俺だって、お父さんにはよくなって欲しかった。早夕里のお父さんだからというだけじゃなくて、俺は個人的にあの人のことを気に入っていたから。

病気の恐怖を俺は知らない。俺の家族はみんな元気にやっていて、大病した人を俺は見たことがない。父方の祖父母は両方亡くなっていて、母方の祖父母は両方元気だ。俺は誰かが欠ける恐怖を生まれてこの方味わったことがない。再発の具体的な恐怖もわからない。

辛くて怖くてたまらない早夕里を、俺はいまこの瞬間に慰めることは出来る。でもちゃんとした支えになれるのかと聞かれたらそんな自信はなかった。お父さんのことだって心配だし、全部ちゃんと上手い方面へ行ったらいいなとは思うけど、全部頼られるのは重たい気がする。責任なんて取れない気がする。

何より、俺はいま早夕里に後ろめたかった。何度もふみかとやっていたから。

「ごめんね譲」

驚いて、なんで謝んの、と尋ねると、そのまま早夕里は嗚咽し続けた。う、う、としゃくり上げる声が漏れる。こんなタイミングで、謝らないで欲しい。むしろ謝るのは俺のほうだから。

何やってんだろう。彼女の一大事に、親に挨拶行ってまで浮気して、しかも彼女に泣きながら謝らせて、俺は何をやってるんだろう。

唾を飲むと奥歯の向こうの口内炎がぎゅうと痛んだ。

「こういう話を、譲にするのはおかしいと思ったから」

「なんで、おかしくないじゃん。彼女なんだから」

「彼女だけど、言うほどそんなんじゃなかったじゃん。そろそろ自然消滅くらいだったじゃん。冬とか春とか全然会ってもなかったし、譲だってそう思ってたでしょ。親が倒れて、私が静岡帰るとか言い出さなかったら、絶対今頃別れてたでしょ。そんなあれだったのに、今更突然頼って悪かったなって私もずっと思ってるよ」

涙が刃物のようにクッションを切り裂いて、中に詰まっていたマイクロビーズが一気に流れ出てきてしまったみたいだった。俺たちが普段やってこなかったマジな会話。実際何をどう思ってるのか、俺も早夕里もいつも話さなかった。会っては、毎回どうでもいい話で流して、本当に聞きたいことや言いたいことは宙に浮かんでしまっていた。宙に浮かせたまま、上手くやれればいいと思っていた。そして上手くやれなかったら、離れればいいと思っていたのだ。

「実際、別れようと思ってた。気になる人も別に出来てたから」

その発言は結構衝撃的で、俺は思わず息を止める。

まさか、早夕里が具体的に俺と別れたいと考えていたとは思っていなかった。

「え、それは、いいの」

突然バカみたいに挙動不審になって、自分でも驚いた。

「いいのって」

「いや、いま、その気になる人、大丈夫なの」

てかセックスしたの、と言いかけて、ギリギリのところで俺は押し止《とど》まった。言葉にするとすぐ妄想が飛び込んでくる。早夕里が別の男とやってたかもという妄想は、落ちない便器の黄ばみみたいに俺の脳裏にこびりついた。

早夕里は少しずつ涙声が収まってきていた。

「気になる人って、まあ言葉どおり気になってただけで、なんでもなかったから」

「そう」

「それにそんなのすぐどうでもよくなった。親が倒れた時に、どうしようってなって、あの時話を聞いてもらいたかったのは譲だったから」

俺は単純にほっとして、肩の力が抜けた。でも考えりゃそんなのすぐわかる話で、やってなかった証拠なんてどこにもない。

俺だってふみかとやったの、早夕里に言うはずないんだから。

「私は私で、当事者だから、辛い！　話聞いて！　ってなるし、彼氏に全力で頼りたくなるけど、逆の立場だったら上手く出来るかわかんないよ。重いじゃん。結婚してるわけでもないのに、相手の親のお見舞い行くとか」

静岡にお見舞いに来て欲しいと言ったのは早夕里だった。頼んできた時、早夕里はやや凄んでいた。俺はそれにビビったし、やばい方向に話進んでる、と正直思ってた。でも早夕里は早夕里で、私重いこと言ってんなとかやばいことやってんなとか、早夕里なりにいろいろ考えてたんだな。

「俺も真面目に話していい」

ここは俺も誠実にならなくちゃと、突然自然に思うことが出来た。

「早夕里が言ったとおり、俺もぶっちゃけあのままフェードアウトするもんだと思ってたし、結婚とか正直考えてなかった。親倒れたって言われた時、すごい心配もしたけど、俺がどうするべきなのかわかんなかったし」

ずっと地中奥深くに潜っていた生き物が、突然地面から顔を出して息継ぎをしているみたいな感覚だった。急に身体《からだ》の力が抜けた。わかんないことをわかんないって言えるのは、楽だ。俺はいままで早夕里にメチャクチャ気を遣ってきたのかもしれない。

「で、お見舞い行くのも、正直結構戸惑った。嫌じゃなかったけど、現実味なかったっつーか、世間で言うところの挨拶に行く！　みたいな気持ちじゃなかった、たぶん。逆に気楽すぎた」

「うん」

「でも、あっち行って、お父さんお母さんに会えてよかったなって感じしたよ。二人ともいい人だったし。思ってたよりずっと、よかった」

うん、と早夕里はもう一度言った。

物事が成功する時の感覚って、事前にわかる。適当に投げた缶が上手くゴミ箱に入る時、その手応えは成功よりも一瞬早く俺たちの手元を駆け上がってくる。

俺が突然、ポジティブになったのはそんな感覚があったからだ。いまなら、適当に描いた丸でも正しい円を描くんじゃないかっていう、勢いのあるでたらめな確信が俺の中に湧いていた。

あまり緊張もせずに言った。

「早夕里さあ、俺と結婚する？」

口にしてから、こんな大事なことをこんな流れで言ってしまってよかったのか、と少し後悔した。でもこれくらいのノリとテンションが、俺の中の本物だった。

「こないださ、もっとちゃんと考えるって話したじゃん。口裏合わせる話の時に。正直あれから全然、もっとちゃんと考えてなかった。でも変な話だけど、いま唐突に、いろいろ全部、ちゃんと上手くいきそうな気がしてきたから」

だから本当に結婚しませんか、と俺は言った。早夕里はしばらく黙っていた。

開けっ放しのカーテンから、外の明かりが漏れていた。おもての道路で誰かが喋っているのが聞こえてくる。なんでだよ、なんでだよ、と笑いながらうれしそうに、酔っ払いが騒いでいた。そんな雑音が、余計に部屋の静けさを引き立てた。

早夕里は、大役を引き受けるように、ゆっくりと台詞《せりふ》をなぞった。

「ぜひ、よろしくお願いします」

「こちらこそ」

人生って意外とこんな瞬間に変わっていくんだな、と俺は思った。こんな口約束が途端に景色を変える。俺の部屋は相変わらず散らかっていて、生活感が丸出しでロマンティックさの欠片《かけら》もなかったのに、それでも俺にはこの時目の前の光景が特別に見えた。可能性が俺をよみがえらせる。電話をする前と、仕事も生活も何もかもいまはまだ何も変わっていないのに、突然この世が最高にいかした場所に思えてくる。もうさっきまで何で揉めてたかも忘れた。

なんだよ、俺は意外にこんな簡単に幸せになれるんだ。


俺が配属された時、すでに輪島さんと岡崎さんは既婚者だったし、ほかに前例を知らなかったから、こういうのをいつ報告するもんなのかよくわからなくて、さっさと言ってしまった。まあ先に上司に言っといたほうがいいのかな、という理由で、ひとまず輪島さんが一人の時に会議室へ呼んだ。ふみかは外回り中で、岡崎さんはもう退社したあとだった。

輪島さんは想像以上にいい反応だった。

「おめっとう！　いや、よかったよかった」

「ありがとうございます。まだ他に誰にも言ってないんで、一番先に輪島さんにと思いまして」

「可愛いこと言うじゃねえの、祝儀弾むよ」

輪島さんが俺の肩をがっちりと抱いた。

「ありがとうございます。式とかは、まだ全然未定なんですけど」

「いいよいいよ、今時の若いのは会社の奴とか呼ばねえで、内うちでレストランとかでやるんだろ？　祝儀だけね、祝儀はちゃんと出すから」

普段、しょうもねえおっさんだなと散々思い続けてきたけど、今回ばかりは心から有難かった。こういう時の昭和スタイル、最高。

「これ皆に自分から言う？　自分で言うよな？　出来るよなあ、もう所帯持つんだもんなあ」

「あ、大丈夫っす、自分で」

「てかこれ俺言ったらまずい？　絶対内緒？」

「まあでも別に誰に言ってももう、大丈夫なんで」

と口走ってから、ふみかのことが気にかかり、そこだけで自分が先に言ったほうがいいな、と思ったけれど、ここで輪島さんにそう漏らせば必ず面倒なことになるなとも思った。

「じゃあ今日はさ、飲もう。嫁が来たらそんなに飲めなくなるんだから、今のうちアルコール摂っとかないと」

輪島さんは業務をそっちのけで、自席でぐるなびを見始めた。やっぱりこの人は普段何をしているのかよくわからない。

「せっかくならさ、フグでも食う？　フグ刺し」

「えっマジすか？　フグ、食ったことないんですけど」

「フグ美味えよ、旬にはまだ早すぎるけど、祝い事にはフグだろ」

俺で止めてる書類だってあったのに、俺はそのまま輪島さんと一緒になってぐるなびを見始めた。

フグの味は知らないけどなんだか気持ちが浮かれポンチだった。青の大皿に透き通った白いフグの身が花びらみたいに敷き詰められているのを何個も見てると王族みたいな気持ちになってくる。輪島さんは浮かれオヤジで、普段むかつくけどこういう時一緒に盛り上がるのは楽しい。

「今日は獺祭の大吟醸入れよう。サイコーだぞ」

「だっさい、て何でしたっけそれ」

「獺祭は獺祭だよ、ポン酒だろうが」

最近それをどこかで聞いた気がしたが、思い出せない。

ふみかが帰社したのは日が暮れてからだった。ふみかがデスクに戻ったのを、俺は経理島から見ていた。丁度、俺はカツ沼に領収書を出しに行っていた。

「あそこのハンズの店員、商品知識なんもないわよ。ワンダーコアの椅子のやつと小さいやつの違いも知らないで、私がそれ指摘してもずっとなんか間違ったこと言い張ってんだから」

カツ沼のどうでもいい話に捕まっている間、遠くの島でふみかと輪島さんが喋っているのが見えた。背筋がきんと冷える。妙なことにならないといいけど。

そもそも俺が輪島さんとサシ飲みで定時退社なんて怪しさ以外何もなかっただろう。定時のベルが鳴るや否や、俺と輪島さんは帰り仕度を始めた。ふみかは何か言いたそうだったが、俺はそそくさと席を後にした。

得てして人がミスを起こすのはそういう精神状態の時だ。まんまと自席にiPhoneを忘れた俺は、大手町駅まで来たところでそれに気づき、慌ててオフィスにとんぼ返りした。こないだまでなら戻るほどではなかったかもしれないけど、今は朝晩、早夕里から連絡が入るようになっていた。

誰もいなけりゃいいな、と思ったけどそんなわけはなかった。

「お疲れ〜」

「……何やってんの？」

「いや、ケータイ忘れて」

ふみかはひとり残って何かの書類を区分けしていた。デスクの上に数枚ずつ重ねられた書類が散っている。

誰かがひとりで残業してるだなんてよくある光景だったけど、なんとなく可哀想《かわいそう》に見えるのは俺の心持ちのせいなんだろうか。

「まだ残んの？」

「もう帰る。これ終わったから」

ふみかが立ち上がり、書類をひと束に重ねてトントンしている間に、輪島さん待たしてるからヤベ〜お疲れ、と俺は白々しく呟いた。

フロアを出てエレベーターホールでボタンを押して待っていると、これが異様に遅く、下の階で誰かが俺の行く手を阻んでいるんじゃないのかと疑うほどだった。ちんたらと休み休み迫ってくる黄色いランプが待ちきれなかった。

やっと来た、と思った瞬間、背後に人の気配を感じた。

エレベーターに乗り込み、階数ボタンを押す頃にはふみかはもう目の前だった。《開く》ボタンを押す。押さざるを得ない。

「何階？」

「一階以外、なんかあんの？」

潰した虫でも見るような目でふみかが睨《にら》んだ。

気まずいのは、逃げているのは、自分が悪いことをした自覚があるからだ。

「何がいい」

長い長いエレベーターが落ちていく間、ふみかが目を合わせずに言った。

「何が？」

「結婚祝い。家電がいいとか、キッチン系がいいとか、あるでしょ」

咄嗟に脳裏をよぎったのは、実家の壁の穴だった。俺が中学生の頃に正拳突きして開けた壁の穴。あれを発見された時、俺は母親にムチャクチャ怒られて顔面を二発ぶたれて大変だった。

俺は後先考えずにいろいろやってみるタイプのくせに、その後の責任のことを何も考えていない。いつもそうだ。それならそれで、せめて開き直って豪快に生きてみればいいのに、そうもなれない。正しい抗議をされると息が止まって死にそうになる。申し訳ない、申し訳ないって感じで肩がすくみ上がる。だったら初めからなんもしなければいい。徹頭徹尾、俺の人生それればっかじゃん。

なあ亜希子。

「まあこういうの田町くんに聞いてもしょうがないよね。こういうのって奥さんの趣味だし、今度何がいいか聞いといてよ」

怒られたほうがよかったな、と思った。こんなんなら、キレられてぶたれたほうがマシだし楽だったな、と思った。

自分がマシとか楽とか、俺はこの期《ご》に及んで何を考えているのだろう。おまえがマシだからなんなんだ。おまえが楽だからなんだっていうんだ。

「今日、輪島さんにも言ったんだけど、俺結婚することになって」

「聞いた」

「言うの、遅くなってごめん」

本当に言うべきなのはきっとこのごめんじゃない。だけど、本当のごめんは言ってしまったら言ってしまったで、余計に話がややこしくなる。これ以上、ふみかに嫌な思いをさせてしまうことになる。

「気まずいの、わかるけど、一応私が職場で田町くんと一番仲いいと思ってたから、傷つく」

ず、と身体の内側にGがかかる。内臓を一気に真下に引っ張られてしまったみたいだ。人を傷つけるのはだめなんだって、俺はあの、天龍院がホウキを手にしたまま泣き出した時に学習したはずだったのに。

「ごめん」

「まあでもそれは、友達っていうか、同僚としての話ね」

エレベーターが開き、ふみかが先にホールへ出た。職場のカーペットのフロアとは違い、つるつると光っている床は踵《かかと》の音をよく響かせた。ふみかの靴も鳴る。

「私、お姉ちゃんの時は空気清浄機買ってあげたんだ。結構いいやつ。最近のやつは結構性能すごくてさ、旦那さん花粉症で家の中でもすごかったのに、清浄機入れたら劇的に改善されたらしいよ。私もいま買おうか考えてるんだよね」

東西線の改札前で別れるまで、ふみかはずっとそんな姉夫婦の話をしていた。姉の結婚式のリングピローはふみかが作ったのだと聞き、何それ、と尋ねると、ゼクシィ読めば？ と呆れられた。

ふみかが改札の中へ入り、一度も振り返らずに下りエスカレーターに乗って、どんどん足元から見えなくなっていった時、俺はまた自分の中の無責任な感情を知った。

これは寂しさだ。

金の日

誕生日を迎えた。二十七。お母さんが私を産んだのが二十七だったというので、なんだかすごいことだ。そんなところまで生きてきたというのが信じられない。神楽坂で祝ってもらう。夜、どうしてもだめだったのでお昼になる。プレゼントは金のネックレスだった。夕方まで、お茶したりぶらぶら歩く。夜、別れた後、急にもしかすると私はこれまでの人生ぜんぶ間違えてきたのかもしれないと不安になった。そういうのは突然に湧く。宇宙に星が生まれるのも突然。ぜんぶ何もかもこの世は突然。急に、来年のことを考える。来年のこの日も、私の夜はこうなのかもしれない。

品川駅の港南口で結構待って、少し焦った。十三時四十分の待ち合わせ時刻からは七分遅れ、そろそろ客先に向かわないと約束の時間に間に合わなくなるところだった。俺の受け持った初めての男性スタッフは、八分遅れで待ち合わせ場所に着いた。

「佐藤陽平《さとうようへい》さんですか？　私、HSAの田町ですが」

佐藤陽平は遅刻したにもかかわらず、自らアプローチをかけてこなかった。その場で数回、こちらから電話をかけて初めて、コンタクトが取れたのだった。

「本日はよろしくお願いします」

「よろしくお願いします。あの、遅れてすいませんでした」

「ええと八分、遅刻ですね。今回は相手が僕なので、あれですけど、派遣先でこういうことになりますと問題になりますから。遅刻は絶対にしないでください」

電車間違えて、すいません、と佐藤陽平は二度頭を下げた。俺と似たような歳だったように思うが、どうも頼りない。服装がどこかちぐはぐで、よく見るとスラックスと革靴の隙間から白い靴下が覗《のぞ》いていた。顔つきが幼く、まるで親の背広を借りてきた中高生のようだ。

客先へは駅から徒歩十分ほどだった。道中、何も喋らないのも気まずいものなので、俺は佐藤陽平にもいつものように雑談を振った。港南口のペデストリアンデッキには、スーツ姿のサラリーマンが足早に行き交っていた。

「佐藤さんは弊社は初めてなんですよね。いままでも事務系のお仕事をされてたんですか？」

「あ、はい。事務系でいろいろ」

「ここからずっと歩いて、十分くらいなので。思ってるより早く着くと思います。人の多い道路のほうが早く感じますしね」

一般論だけど、女性のスタッフは経験問わず、引率の際に会話が途切れることが少ない。業務のスキルとはまた別に必要な、コミュニケーションの資質はそれなりにある人が多かった。雇用が不安定な派遣スタッフには主婦も多く、人との会話をある程度上手く出来る人が多いのだ。

　佐藤陽平は厳しい気がした。客先に推す立場の俺ですら一瞬戸惑うくらい、何か人を不安にさせるものがある。

　佐藤陽平に紹介したのは、飲料系の親会社に特化した広告会社での入力事務の仕事だった。特に難しい仕事ではなく、エンドユーザーから送信されてくるキャンペーン応募のＦＡＸやメールを社内システムにひたすら入力していく業務だ。

　事務系の派遣はどうしても男女比に偏りが出る。女性を欲しがる企業が大半を占めてしまうのだ。実際に派遣スタッフのほとんどが女性なのも大きい。

　その中で今回のクライアントは男性スタッフ歓迎の珍しい企業だった。岡崎さんも随分お世話になったらしく、かなりの優良顧客と言えた。

　何か問題が起きるだなんて思わないだろう、普通。

「やあ、うちは男はちょっとねぇ」

　同席した、新田《にった》とかいうでかい男が人事の竹内《たけうち》さんに横柄に言った。

「事務職でしょ？　もしかしたらお茶出しとか頼むかもしんないし、女の子がいいでしょ」

「いいえ、前々からうちのほうで男性歓迎で出させていただいている、というか、いままでちゃんとそういう実績もあるので」

「いや今まては今まででさ。女の子にしようよ。体制変わるんだし、全体的に社風変えてかないと」

竹内さんが宥めるのも聞かず、自分をキー局のプロデューサーか何かと勘違いしてそうな態度の男は散々好き勝手言って、最終的にどこかへ消えた。会議室に残された俺と、竹内さんと、佐藤陽平は呆然としていた。

「申し訳ありません、ちょっとここ数日で社内の事情が突然変わってしまって……」

青ざめている竹内さんが逆に気の毒に思えた。

「こんなことを言うのもなんなんですが、ちょっと今うちのほうでいろいろありまして、元々こういった人材関係にイエスノーを言っていた幹部が本当にこの何日かで代わってしまってですね、それでも今回の案件はもう決定事項でしたので、私としてはもちろんHSAさんにお願いしたく思っていたのですが」

「ダメ、ってことですよね」

佐藤陽平が呟いた。

「ここまでご足労いただいたのに申し訳ございません。本当に私どもの勝手で、失礼いたしました」

性別がなんであれ、どのみち今日の面談をクリアしなければ正式に派遣決定には至らないため、今回の件はこれでなしということになった。竹内さんにここまで謝られてしまっては、もはや仕方がない。面談で話が流れてしまうことはままあるが、こんなパターンで話が流れたのは俺は初めてだった。

ビルを出て、先に口を開いたのは佐藤陽平だった。

「あの、次の仕事っていつ連絡貰えますかね」

切実な話はすぐにわかる。だてに何年も人と話す仕事をしてるわけではないのだ。

「今回はこんなことになってしまって、非常に残念に思っています。せっかくご足労いただいたのに、申し訳ありませんでした」

「今回のって、来週末から働く予定で、その前の週の金曜の今日、面談だったじゃないですか。次の仕事って、最短でいつから働けますかね」

「最短。案件にもよりますけど、だいたい最低一週間前には面談を設けるかたちになるので」

「ってことは最低、来週面談で、再来週から働き始め」

「そうなりますね、最短で」

そうですか、と佐藤陽平が目線を落とす。その目は少しうつろですらある。

俺はあまりスタッフの人と本気の会話をしない。引率の間の雑談や、業務連絡はもちろんきちんとするが、その間もガチな質問やマジな回答をすることなんてなかった。いい人そうに見える人も印象の悪い人も、一皮剝《む》けば似たようなものなのだというのを俺は経験で知っている。人を扱う仕事は、いろんな人と触れ合う。いちいちマジでやりあってたら、気が持たないのだ。

でも何故か、佐藤陽平のことはどうにかしてやりたい気持ちが芽生えた。それは佐藤陽平があまりにどうしようもなさそうに見えたからかもしれないし、理不尽な理由で仕事が流れて可哀想だったからかもしれないし、あるいは彼が俺と似たような歳の男だからというだけだったのかもしれない。

「なんか、いつまでに仕事ないと本当にやばいとか、あったら、聞きますけど」

用意出来るかどうかはわかんないですけど、と俺は念のため重ねた。

「今回はこんな事情だし、出来るだけ優先的にご紹介出来るように頑張ります。ただその分、ちょっと家から遠いとか、そういうのにはなっちゃうかもしれないですけど」

「本当ですか？」

佐藤陽平が出目っぽい目を見開いた。

「努力はします。やっぱりこういうので仕事流れちゃうと、大変ですからね。かといって毎回こういう風に対応出来るわけじゃないので、口外はしないでいただきたいんですけど」

「ありがとうございます、本当に。ちょっともう、いろいろと貯金も厳しくて、あまりにダメすぎて、そろそろ派遣もダメなのかなって思い始めたんですけど」

　全体的に佐藤陽平はくたびれていた。人は服装で相手を見るという。俺だって服装で人を見る。だけど、一度くたびれてしまった人間がくたびれた服を着ているのは仕方ないことなんじゃないだろうか。くたびれてる服を着ている人間が、くたびれていない服を買うために、どれくらいの努力を要するか、世の中の人は知らなすぎるんじゃないだろうか。

　大通り沿いを歩きながら、俺たちはぽつぽつと喋り始めた。昼下がりの白い風景の中、道路脇で青い清掃車がごみ袋を飲み込んで回転している。水色と黄色のランドセルの子供が二人、その隣りの歩道を楽しそうに駆けて行った。

　まだ仕事中なのに、俺はどうしてか学校をサボった日のような解放感を感じていた。

　俺と佐藤陽平はひとつ違いだった。

「田町さんは、このお仕事長いんですか」

「新卒でなんかＩＴみたいなとこ行ったんだけど合わなくて。いま四年目。部屋ん中いない仕事がいいなと思ったら、こんなんしか選べなかったっつーか」

「いや、羨ましいですよ。あんなすごいでかいビルで働いてて。俺なんて大卒でもないし、正規で働いたこともないし。よくわかんないままこの歳になって、これから先マジで暗いですよ、すごい暗い」

「うちは規模微妙なわりに見栄《みえ》張って無理矢理いいビル入ってるから逆にそんなに長続きしないと思うよ。登録してくれてる人に言うのもなんだけど。俺も変わんないよ、会社潰れたら普通に行くとこないし、俺」

駅はあっという間に見えてきた。行きはあんなに長く感じたのに、帰りは一瞬だった。

「前の仕事って何やってたの？　ずっと事務？」

「派遣は、事務ナビとかで、いくつかやってて。その前までは居酒屋とか、コンビニとか。あと神宮のバイト」

いきなり心臓が高鳴った。

「神宮って神宮球場？」

「あ、はい。つっても、二十歳くらいの時ですけど」

「マジ？　スッゲ、羨ましい。学生ん時俺もやればよかった」

俺は突然ワクワクして、次の紙芝居がめくられるのを待ち構えてる子供みたいな気持ちになった。

「え、でも清掃とか、そのレベルですよ。最初、もぎりと誘導で入ったんですけど俺全然合わなくて」

「え〜いいなあ。俺ももぎりとかやってみてえなあ」

「つまんないっすよ!?　切るだけっすもん、紙」

俺のテンションにつられて、佐藤陽平も少しだけ口調が明るくなった。笑うと、がたついた歯列が覗く。

今日初対面の人に、しかも仕事で会った人にこんなことを思うのは乱暴だけど、出来の悪い弟でも出来たような気持ちだった。バラックの立ち並ぶ町で着の身着のまま生きていく、出来の悪い兄弟。

「てか野球やってたの？」

「やったことはないです。見る専。パワプロから入ったんすけど」

「どこ？　誰好き？」

「球団はどこでも。選手はいまだと、越野《こしの》とか。柴田《しばた》もいいっすね」

「あ〜いいじゃん、いいとこ来るね」

「田町さんは誰が好きですか」

「俺はね〜いまだとまあ、越野とかなんだけど、やっぱ青春はマサオカなんだよね」

まあいまスゲーネットで叩かれてますけどね、と笑われると思っていた。

「世代的にはやっぱそこですよね。マサオカなくしていまの野球は語れないっす、絶対」

佐藤陽平は最後の絶対、に力を込めた。

おい聞いたか、と誰にでもなく俺は言いたかった。

マサオカにはまだちゃんとファンがいるぞ。まだ俺みたいに、あいつの甲子園の偉業を覚えている奴がちゃんとここにもいるんだぞ。

「その辺りだと岩田《いわた》も好きですよ、元祖リアル消える魔球」

「消える魔球中学ん時メッチャ練習したわ、全然消えねえんだあれ」

「あんなん時速何キロかって話すよ、マンガすよマンガ」

俺たちはペデストリアンデッキへ続く階段の端っこで、ずっとそんな話をしていた。上へ下へといろんな人がそれぞれの場所へ急いでいく中、ちんたら立ち話をしていたのなんて俺たちだけだった。

「え、パワプロ全部ありますよ。貸しますよ。プレステ2からなら俺全部持ってるんで」

佐藤陽平のすきっ歯の照れ笑いは、何故か俺に天龍院を思い出させた。亜希子が俺に笑いかけてきたことなんて、一度もなかったのに。

こういうスタッフに上手くいい仕事を紹介してやるのが自分の仕事だと思った。この仕事がいいものなのかどうなのか、そういうことはわからない。俺がちゃんと働けてるのかも実のところわからない。だけど、ひとまず自分の目の前にある仕事でもって、ちょっとでも人の役に立てたらいいなと、俺だって人並みに思っている。誰かに喜んでもらえたらいいなと考える日が、俺にだってたまにはあるんだ。

動物園の日

　秋晴れ。空が真っ青に澄み渡っている上にカラッと乾いていて、動物園日和。朝早く上野へ。上野動物園は9時半に開園するらしく、動物をやるのも楽ではない。まず、パンダ。上野といったらパンダというだけあって、物凄い人だかりだった。トラ、ライオンも人気で、確かに見ていると迫力がある。ゴリラは冗談みたいな筋肉をしている。ゾウは私は個人的に好きだ。千年生きてる老女みたいな穏やかな目をしている。それからサル山。サル山はいろんなサルが思い思いに食べたり喧嘩《けんか》したり毛づくろいしたりしていて、学校や会社みたいだ。橋を渡った向こうにペリカンとペンギン。シマウマやカバを巡って、最後はキリン。キリンも個人的に好きな動物だ。大きな動物はみんないい。私は子供みたいにはしゃいでしまって、また絶対に来たいと思った。来年でも再来年でも、また上野動物園で、ゾウやキリンが動きだすまでを、ずっとずっと一緒に眺めていたいと思った。

久しぶりに大手町でも歩きたいというので、待ち合わせは東京駅にした。早夕里が上京するのは静岡に帰って以来初めてだった。

「やばい」

「どうした？」

「こんな人の流れ久々見たからちょっと上手く歩けなくて笑う」

土曜の東京駅は平日よりは混んでいなかった。新宿や池袋よりは全然マシだったのに、早夕里は向こうから歩いてくる人と何度もぶつかりそうになっていて、コンパス狂った虫みたい、と一人でウケていた。

式場探しなんかをするのも電話やＬＩＮＥじゃやりにくくて、せっかくなら下見でも行ってみたら気分上がるかも、という理由で俺たちはブライダルフェアの予約を入れた。とりあえず、明日のフェアは東京だった。早夕里がネットで見つけて、申し込んでくれたのだ。

「これが噂のゼクシィです」

入った喫茶店で水が出てくるよりも早く、早夕里は持参した雑誌をトートバッグから取り出した。想像の五分の一くらいの厚みに魔改造されている。

「これ、破ったの？」

「重いもん、破くよ。あとこれ静岡版だし」

ゼクシィは表紙から出だし数十ページだけが切り取られていた。今月号の特集は『招待客が本当に感動した演出100』。

「で、場所。どうしよっか」

場所を静岡にするか東京にするかで話は止まっていた。意外にも早夕里は静岡を希望しているわけではなかった。

「譲も私も、基本交友関係東京でしょ。中高の時の友達、私もうあんまり付き合いないし」

「まあ俺は出身こっちだから、東京でやるに越したことはないけど。その場合お父さんが移動大丈夫かって話だよね」

咄嗟におとうさんと言ってみたが、これはまだお義父《とう》さんじゃなくって『早夕里の』お父さんって意味合いだった。俺の中では。

「たぶんいまの調子でいくと大丈夫だと思うんだよね。先生にも聞いてみる」

俺はアイスコーヒーを、早夕里はメロンフロートを頼んだ。暦の上ではもう秋だったのに、まだまだ真夏日が続いていた。おもてで掻いた汗が冷房で冷えて、脇の下がつめたい。

「じゃあ東京ってことでいいのかな。東京決定？」

「東京でいいと思う、早夕里のお父さん次第だけど。あと、あるいは一周回ってハワイとか」

俺が何気なく言ったひと言を早夕里は反芻《はんすう》した。

「ハワイ」

「いや、なんかたまに聞くじゃん、ハワイとかで二人で式挙げてそのまま新婚旅行みたいな。その前に静岡で親族だけで神社とかで式やってもいいしさ。知ってる？　ハワイって意外に火山とかあるらしいよ。溶岩ウォークとかいう、溶岩の上歩いたりするのが出来るんだって」

俺の中のどこのメモリにこんなプランがあったのかと俺自身が驚いたが、何故だかいくらでもアイディアは湧く気がしてきた。確かに楽しいんじゃないか？　ベタだけど、人気なだけあってたぶん楽しいんだろう。常夏のハワイ。

運ばれてきたメロンフロートは、まさに南国からの知らせのようだった。

早夕里は頰杖《ほおづえ》をついて上目ににやついていた。夜中にしくしく泣いていたのが嘘みたいだ。

最近、早夕里はよく笑う。

「意外だなあ」

「ハワイ？」

「いや、譲がそんなぽんぽん自主的になんか提案するとは思わなかった」

早夕里がメロンフロートの上の傾いたアイスを柄《え》の長いスプーンで掬《すく》う。緑色の、着色料がどばどば入ってそうな景気のいい色に氷が浮かんで涼やかだ。南国なのにペンギンが飛んで出てきそうだ。

早夕里は見かけに反して味覚がガキっぽかった。喫茶店でコーヒーなんて頼んだことがない。

「このさあ、『新郎新婦が主演のなれそめムービーを上映』やばくない？　すごいよこれ」

「何で作んの？　こういうの」

「え、ｉＰｈｏｎｅとかで出来るでしょ？」

「編集大変そうじゃない？」

「アプリで出来るんじゃない？　や～これもやばい、『プロポーズをその場で完全再現』」

誰が喜ぶんだよ～と言いながら早夕里は機嫌よさげに笑っていた。プロジェクターに映す恋愛小芝居なんて、芸能人でもない限り噴飯物もいいとこだ。でもまあなんかそれもバカっぽくて面白そうだし、やってみたら実は楽しかったりするかもね。

気が浮わつくってこういう感じなんだ。特に理由もないのに頬が高いところでずっと留《と》められてる感じ。

「明日何食えんの？　フレンチ？」

「たぶんそう。予約確かめたらわかるよ」

「タダでそんなん食えるとかすごいよな～」

「あ、やっぱフレンチだ。やった。美味しいといいな」

「フレンチは明日食うとして、今日夜何食べる？　なんか食いたいもんある」

「え、なんだろ。完全にいまメロンソーダの舌だな」

「イタリアンとか？　うちの近くのとこでも久々行く？」

「そうしよっか。じゃそれまでどうする？　珍しく映画でも行く？」

「いいじゃん。いま何やってっか調べよっか」

先がけて、身体が傾《かし》いだ。物の揺れる音を聞くよりも早く、浮遊感にも似たゆらめきが身体の軸をずるん、とずらした。

店内の携帯が一斉に鳴る。

早夕里のメロンフロートの長いスプーンが小刻みに揺れていた。かちかちかち、とスプーンの柄はグラスの縁を叩き、揺れ自体の大きさよりもその高い音が恐怖を煽《あお》った。

「地震？」

店員も客も、静かに辺りをゆっくりと見回していた。俺と早夕里も黙っていた。緊急地震速報のアラームだけが何十個も鳴り響き、天井から垂らされたコードの長い照明がうおんうおんと前後左右にあばれているのを、いつの間にか誰もが注視していた。どれくらいの間だったのか、さっとそんなに長くはなかった。ほんの少しの時間、俺たちは全く静かだった。

「止《や》んだ？」

早夕里が小声で呟く。

「止んだっぽいね」

「5くらいあった？」

「そんくらいあったね。あ、やっぱ5だ」

ツイッターを開くとすでに地震速報は回ってきていた。首都圏で地震、東京震度5弱。

「いや、ビビった」

「久々ビビったね。心臓来た」

「電車止まってねえかな」

「大丈夫じゃない？　これくらいなら」

少しずつ賑《にぎ》やかさを取り戻した店内は、それでもまだ緊張の糸が一筋、二筋、残っていた。

東京にはいつか大地震が来るのだという。

「ね、店員の人って別に避難誘導とかしてくれないんだね」

こそっと早夕里が耳打ちの仕草をした。

「まあバイトだから仕方ないいんじゃん？」

「ここさ、本当にやばくなったらどこから出るのがいいのかな。普通に階段下りてけばいいのかな」

「そうなんじゃない？　まあ、高層階とかだったらこういう時どうするんだろうね」

とりあえず高田馬場《ばば》まで出て夜まで時間潰そうか、といつものような調子で東京駅へ戻ると、改札前にはすでに人があふれかえっていた。やわらかい生きた壁が幾層にも重ねられているように、それはゆっくりと蠢《うごめ》いていた。

人々はゆるやかに被災していた。地震によって引き起こされた実害を被災と呼ぶのなら、これは静かな被災だった。

ＪＲも地下鉄も、多くが運転を一時停止していた。安全点検には時間がかかっており、誰もが電光掲示板の案内を注視していた。あるいは、手元を見下ろして、自分のデバイスに入ってくるだろう新しい情報を待ち続けていた。

土曜とはいえ夕方だった。これからどこかへ行こうとしていた人間と、これから家へ帰ろうとしていた人間が一緒くたになって、駅構内に黒いかたまりが増えていく。

タクシー乗り場は確認するまでもなかった。おそらく、すでに駅周辺を一周出来るほどの人が並んでいるのに違いない。

「もう、歩く？」

早夕里が俺の手を引いた。

「え、マジ？　俺はいいけどその靴無理じゃない」

「八重洲《やえす》の下で安い上履きみたいなの買って、雑司《ぞうし》が谷《や》目指そうか。マップみたけど一時間半くらいっぽいよ。全然行けるんじゃない？」

八重洲の下にＡＢＣマート入ってるみたいだよ、と早夕里がｉＰｈｏｎｅを指した。心なしか、早夕里は昂《たか》ぶっているように見えた。

「途中で無理ってなったらどうすんの」

「その時は旦那がどうにかするもんでしょ」

「マジか」

いいから試しにやってみようよ、と早夕里はやけに乗り気だった。何かが早夕里をハイにさせている。まるで鳥や猫が見せる異常行動のように、早夕里は少し興奮していた。俺も、気持ちは穏やかなまま、なんだか脳が起きていた。リラックスしてるのに、眠れないような。

「じゃ、歩く？　知らないよ」

「大丈夫大丈夫」

復旧案内の電光掲示板に背を向けて、ひとまず俺たちはＡＢＣマートを目指した。早夕里がクロックスもどきを二千円で買う。履いていたベージュのパンプスをＡＢＣマートの袋に突っ込むと、早夕里はそれを俺に持たせた。俺は元々ビルケンのサンダルを履いていていて、長距離を歩くのに問題はなかった。

グーグルマップを頼りに、俺たちはとりあえず皇居の濠《ほり》沿いに歩き始めた。

「街中、何にも変わってないね」

「そんな大した揺れでもなかったじゃん」

「そのわりに電車は止まるんだなあ」

「もう、とっくに全線復旧してたりして」

「全然ありうる」

一種、変わったアクティビティみたいだった。帰宅するのが目的じゃなく、いま歩くのが目的であるような。東京駅の周りは道幅も広くて、普通の道を歩くよりはちょっと清々《すがすが》しい。

ゆっくりと暗んできた夕方の大通りを、街灯とビルのネオンと車のライトが中和していた。昔なんだったかで見た、宇宙から見た地球の中の日本の画像を俺は思い出していた。夜なのに、東京はそこだけ真っ白に明るい。

「絶対もう電車出てるでしょ。間違いない」

「そら復旧するだろ、しないとみんな家帰れないよ」

「私たち家帰れてないよ～」

「全然まだまだ着かないって、まだ十分の一行ったかも怪しいぞ」

「遠～」

いま思えばつまんないデートばっかしてたな。飯食って、映画行って、まあラブホ行ったり、あとまあ飯とか、飯とか、大体飯。

早夕里は初めて会った合コンの時から常にOLっぽいスカート姿で、家ん中でも靴下履いてそうで、あぐらとか掻いたことなさそうな、典型的な女子だと思ってた。インドアで、少し潔癖そうな。山とか川とか、どっかに連れ出すような子じゃないなと俺は勝手に思って、決めつけてた。

結構たくましいんだなあ。

「足疲れない？」

「平気平気。ダイエット」

「ダイエットしてんの？」

「地元で車ばっかだから全然歩かないの。お父さんのリハビリの先生が言ってたんだけど、散歩が一番健康にいいらしいよ。ただ歩いてるだけに見えて、いろいろ使ってるんだって。脳とか」

横顔のなだらかさがいいなと思っていた。鼻が高いわけでも低いわけでもなくて、日本人的で、いい具合に曲線を描いてるおでこからひゅうっとそこへ繋がってて、それが素朴で、よかった。

「こうやって、ただ歩くだけでも、地面の段差とか、信号とかそういう周りの景色もちゃんと脳が処理して注意してるんだって。全身運動だし、身体にも脳にも歩くのが一番いいらしいよ。気分転換にもなるし」

早夕里は少し、額に汗を掻いていた。突然体育祭ではりきり始めた文系の女の子みたいだ。

今度一緒に高尾山でも行こうと思った。

「だからね、いまこーやって歩いてるだけで脳はフル回転してるってこと」

「なんか普段からウォーキングやってる人みたいだな」

「うるさいよ」

その言い草にちょっとふみかを思い出して、俺は二の句が継げない。

アパートに着く頃には、イタリアンなんかどうでもよくなっていて、最寄りのセブンで親子丼を買って家で食べた。テレビをつけると、当然ニュースは今日の地震一色だった。埼京線はいまだに止まっていて、帰れない人たちがインタビューを受けている。

「うわ、大変」

「明日ブライダルフェアやるかな？」

「やるでしょ。別にほか影響なさそうだし」

　早夕里が風呂に入ってる間、俺は部屋をなんとなく片付けて、いつものようにパソコンをつけた。ヤフーもツイッターも地震の話ばかりだった。大学の友達がひとり、家に帰れずに漫喫に泊まっていた。それへの励ましや煽りの返信がずっと飛び交っている。そいつは無駄にドリンクバーの写真を上げたりなんかして、異常事態を楽しんでいた。俺も『進撃の新刊読んどけよ』と返信する。

　この日、亜希子の日記は更新されなかった。


「うっざ」

　目が合うなり、ふみかは顎を引いた。

「なんだよ藪《やぶ》から棒に」

「なんっかバリバリしてない？　何、その活気」

　心底うざいという顔でふみかが眉を顰めた。昼を食った直後だというのに、腹が減って苛ついているライオンみたいだ。

「活気、別にないだろ」

「今日、普段より声がでかい」

「ウソ」

さっきの添付したから見といて、とふみかがパソコンを指した。

「田町くん現金だからすぐ態度に出るんだよ」

「結婚決まったから浮かれてんだろ」

余計な横槍を入れたのは輪島さんだ。この人、わかっててやってんじゃないのか。

「田町、北島商会も岡崎からおまえに回すから。いまうちのスタッフ長期で二人入ってるって」

ほい、と輪島さんが差し出したファイルに俺は手を伸ばした。

「あ、じゃあ挨拶アポ取ります」

「どっちにしろそろそろ月イチ面談入れるから、そのタイミングで行ってきて。よろしくう」

「も〜ここの島、ま・る・で・三人だけみたいですね〜」

ふみかが濃度の低い毒の霧を撒《ま》くように呟いた。

岡崎さんは今日も休んでいた。子供の熱が下がらず、保育園に預けることが出来なかったのだ。そうなると家を空けることは出来ない。

安定期に入り、岡崎さんは前よりシルエットの目立たない服を着るようになった。あと三ヶ月後には産休へ入る予定だった。

不思議な感じがするのは、何かデジャブを感じるからだ。最近俺は一昨年の秋のことをよく思い出す。あの頃も丁度こんな季節で、俺たちは三人で仕事の話をしていて、岡崎さんは妊娠中で、産休が迫っていて、シルエットの目立たない服を着るようになっていた。

　丁度二年、あの頃に巻き戻ってしまったみたいだ。二回目の何かが巡ってきてしまったような、むしろ一度何かがリセットされてしまったかのような、自分たちだけが前に進んでいないような、そういうデジャブ。

　ふみかが言ってた、自分だけ十年後に何も手元に残っていなさそうな焦りは、こういう気持ちなんだろうか。

「千葉ちゃん、眉間シワ、寄ってる寄ってる」

「寄ってないですよ」

「ほどよく休憩取って。経理でおやつでも貰ってきなさい」

「いまダイエットしてるんで」

　ふみかと輪島さんがやり合っている間、業務用のスマホが机で震えた。登録されていない携帯番号だ。通話を押すと、蚊の鳴くような男の声がした。

「もしもし、」

「はい、ＨＳＡ田町です」

「あ、と、」

「失礼ですが、どちらさまですか？」

「あ、私、先週、一緒に品川に行った、佐藤陽平です」

神宮バイトの佐藤陽平だった。

「ああ佐藤さん。先日は申し訳ありませんでした。どうされました？」

「や、あのさっきの品川徒歩十分の、時給千二百円のやつ、応募したいんですけど」

一瞬、何を言われているのかわからなかったけれど、俺はすぐに理解した。

「あ、メールかなんかで、見ました？」

「メールで。いま丁度来たばかりなんですけど」

「それ、コーディネーターのほうで調整してるので、今度からはメールの連絡先にかけてください。いま内線で回しますんで。担当者書いてませんか？」

「あ……待ってください。渡部《わたなべ》、って書いてます、すいません」

「いえ、大丈夫ですよ」

佐藤陽平は電話の受け答えもなっちゃいなくて、親の電話に出た中学生みたいだった。呆れる反面、俺はいまにも昨日の巨人VSヤクルトについて話してしまいそうだった。危うく、社内でかけてる社用電話でタメ口を利くところだった。

「丁度この後のミーティングで佐藤さんの件、伝える予定だったんですが。先にご案内が行っていてよかったです。もしご紹介出来ることになったら、また私が現地までご案内することになると思うので。またよろしくお願いします」

「はい、決まれるように頑張ります」

派遣社員が自分の職の獲得のために頑張る機会はあまりない。初回登録時の年齢、学歴、職歴、スキル、面接時の印象がデータになって、その段階でこいつにはこのレベルっていうのが大体もう決まってしまっている。

でも俺はなんでかこの、出来が悪くてしょうもない弟みたいな奴に愛着が湧いてしまって、どうしても何かいいところを紹介してやりたかった。

こういう気持ちってたまにあるよな。

「頑張ってください。いま渡部に繋ぎますね。お待ちください」

佐藤陽平のデータ上にいいところはあまりない。あまりないというか、ほとんどない。もっといえば、ない。

でもないからこそ、その中でも一番いいんじゃないかというのを選んでやりたいし、もっとＯＡスキルなんかを磨かせて、ちょっとでも時給の高い仕事を獲《と》らせてやりたい。知り合ったのも何かの縁なんだから、ちょっとでも助けになりたいと思うのは、自然なことだ。

もちろんさばかなきゃいけない仕事は山ほどあるし、うちは事務系だから死ぬほどきつい仕事みたいなのは中々来ないけど、それでもこの仕事をこの条件で人に紹介するのかよと気が滅入《めい》る時はある。

　俺が誰かを推してやって、そいつがちょっとは人生マシになるならそれはすごくうれしいし、そういうことがあったなら、俺は自分の仕事を肯定してやることが出来るだろう。でもそいつが回避したしょうもない案件は、結局は別の誰かに押し付けてやらなくてはならない。

　そういう仕事。

「渡部さん、保留2番にメール見たスタッフから電話入ってます。佐藤陽平さん」

　内線で繋がず、わざわざコーディネーター島まで歩いて来たのには理由があった。

「は〜いありがと。スタッフナンバーわかる？」

「あ、すいません聞き忘れました」

「おっけおっけ」

「その人、電話の応答は微妙かもしれないけど、すごいやる気あるし、エクセル速いんで」

　エクセルが速いか知らないけど、ちょっと盛った。

「田町くんとこの人？」

「そうですそうです、男性ですけど、やる気あるんで。二十代だし。エクセルは結構出来るんで。あとこないだ、先方の都合で当日に男性斬りされちゃって」

なのでその案件、彼に何卒《なにとぞ》よろしくです、と頭を下げる。渡部さんは田町くん何気合入ってんの〜、と、笑ってから保留を取った。

頭を下げるのってサラリーマンっぽい。いますごい仕事してるなって感じで浸れて、俺はわりと好きだ。


ここ数日、動物動画の流行りに詳しくなった。やたらと早夕里が送ってくるから。こんなにLINEしてんのいつぶりかって感じだった。学生みたい。結婚式の話もしたりするけれど、関係ない話のほうが多い。さっき帰り際に貼られてたのは、三毛猫がオウムをきつく抱きしめているやつだった。

電話だって、予告なしに来る。

「譲、なんか声明るいね」

「え、そう」

「会社でなんかあったの」

「いや特には。でも会社でも言われた、それ」

「本当？　よっぽどじゃん」

「結婚前だから浮かれてんだって上司に言われた」

あはは、と早夕里が笑う。早夕里こそ声のトーンが明るい。ついこないだまでお父さんが死ぬとか泣いてたのが嘘みたいだ。

これなんなんだろう。結婚効果なのかな。

「いま何やってんの」

「お湯沸かしてる。スーパーカップ」

「え～ちゃんと栄養あるもの食べなよ」

「昨日はほっともっと食ったから大丈夫。早夕里何してんの」

「ペディキュア塗ってる」

「電話しながら？　器用じゃね？」

「いけるいける」

「何色塗ってんの」

「こげ茶」

沸いたヤカンが細く鳴き、俺は火を止めた。

「女ってさあ、なんで爪に茶色とか選ぶの」

「なんでって何」

「いや爪にピンクとか青ならわかるような気がするけど、なんで茶色なんだろーって。地味じゃん」

「こげ茶とか濃いベージュだと指がきれいに見えるでしょ？　爪じゃなくて問題は肌だ

から」

　てかなんで主語が女？　と突かれ、俺は話題を変える。

「そうだ、お父さんたちに式場の件聞いた？」

「聞いた。好きにしていいって。ハワイでも行きなって」

「ハワイ行くとか言ったの」

「言ったら、お母さん勝手に本気にしちゃって昨日るるぶ立ち読みしてた」

　その光景がかなり鮮やかに脳裏に浮かんで笑ってしまった。

「譲は？　どうしたい？　本当にハワイにする？」

「いや俺は早夕里のやりたいほうでいいよ。ハワイはまあ言ってみただけで、でもハワイでもいいし、全然」

　ハンズフリーに切り替えて、俺はスーパーカップを啜りながら話していた。

「まだ日取りも決めてないし、そこから最初決めようか」

「ゼクシィによると決めることありすぎるからな」

「だよねえ」

　食い終わり、汁の残りを排水口に流すと、俺はそのまま歯を磨きに行った。通話無料だとこういうことが出来ていい。早夕里もハンズフリーにして手の爪に取り掛かっていた。

電気を消しても、外からの漏れあかりで部屋の中は十分明るかった。常にカーテンレールに洗濯物を干したままなせいで、カーテンを閉めるのが面倒で、俺は寝る時もいつもこのままだった。

プロポーズした日もこんなんだったな、と思い出し、そうか俺の人生の一世一代はもうこないだ終わったんだな、と気がついた。

「結婚指輪なんだけどさ、今度一緒に見に行こうよ」

「一生もんだし、いいの探そっか。どこのがいいのか全然知らないけど」

婚約指輪をすっ飛ばして結婚指輪の話をしていたので、そういうもんなのかなと思っていた。結婚だって、昔は昆布《こんぶ》とかそういうの用意して結納とかやったらしいし、いまは結婚式やらない人も全然いて、何がイキで何が古いのか全然わからない。

横になると突然もわっと眠気に襲われて、俺はうつ伏せでそのまま朝まで眠った。

佐藤陽平に無事案件が回ってきたことを、俺は社内システムで知った。

「お」

この間の品川徒歩十分の案件は、大手書店の本社事務の仕事だった。期間は三ヶ月だけど、備考に男性歓迎とあり、理由は期間中に行われる本店の配置換え補佐も業務内容に入っているからだった。

短期契約とはいえ、更新の可能性もあるみたいだし、使用OAはエクセルが主でたまにワード。時給千二百円。佐藤陽平的には結構いいんじゃないの？

コーディネーターは荒坂《あらさか》さんで、打ち合わせの時にちょっと話を聞いてみたら、あの辺のレベルなら結構いい条件だという。

「本当は紹介予定派遣のほうがよかったんですけどね。本人、正社員《セイシャ》目指すって言ってたから。まあでも本人がとりあえず目先の仕事入れたいっていうので、紹介予定派遣のほうはこれが終わってからって話になって」

「佐藤陽平、電話、中学生みたいじゃないですか？」

「あ〜、ありますね」

「まあでもやる気あるらしいんで、今後ともよろしくお願いします。俺の担当なんで」

荒坂さんはメガネが知的な温和な男性で、佐藤陽平のおどおどした態度も相手がこういう人なら少しはマシになるんじゃないだろうか、と俺は勝手に思った。

日比谷書店の面談アポはすぐに取れた。週明けにでもすぐ顔合わせがしたいという。荒坂さんを通して佐藤陽平と面談の予定を擦り合わせ、その間に俺は午前一件午後二件、客先を回って就業中のスタッフの様子を見に行った。たまにこういう時に就業トラブルが発覚したりするけれど、今日は五人とも特になんの問題もなく、元気に働いてるらしかった。

俺は営業先を回り、早夕里とＬＩＮＥし、ふみかに睨まれ、週報を出し、岡崎さんの遅刻連絡を受けて、その分の仕事を補塡した。

頭が冴えてる時って、調子いい時のリズムゲームみたいだ。何故だかバンバン、ひとつも打ち損じずに点数を伸ばしていける。一回でも踏み外したら途端に崩れ落ちてしまうのに、いまだけは全部いける気がする。スーパーマリオの、スター状態。いける、いける、いける、いける。

身体はきつくてバキバキいってて、寝ても疲れが取れないけれど、妙な興奮が俺を動かしていた。頭の真ん中の芯がきんきんに冷えてるみたい。あるいは、メチャクチャに熱いみたいだ。きんきんに冷えてるものと、メチャクチャに熱いものは、触った感じが一瞬似ている。

野球部の外周の最中、きつくて立ち止まりそうになる度に、監督は俺らを遠くから怒鳴った。

止まんな。止まったら次もう走れなくなるぞ。

待ち合わせ場所は品川駅中央改札前の時計の下だった。入社以来、何度ここで人を待ったことだろう。

俺はいつでも、ここで誰かを待っている。

「田町さん」

佐藤陽平は相変わらず、頼りない風貌をしていた。独特な幼さの残る、社会人としては相手に好印象を残せないタイプだ。

でも今日は遅刻をしていないし、靴下だって白じゃない。

「おはようございます佐藤さん。本日はよろしくお願いします」

「あっよろしくお願いします。あの」

「はい」

「今日は男でも平気ってことで大丈夫ですよね？」

佐藤陽平が真面目に言ったので、先日はどうも失礼しました、と俺が頭を下げると、あっいや違います、と佐藤陽平も遅れて頭を下げた。

「そういうアレじゃなくて、確認したくて」

「今日のところは大丈夫です、保証します。今回は業務内容と合わせて、男性希望と向こうから言っていただいてるところなので、かなりいい案件だと思いますよ」

行きましょうか、とエスカレーターのほうを指すと、佐藤陽平は挙動不審に、二回頷《うなず》いた。

こないだの帰り道、あんなに立ち話したにもかかわらず、まるでリセットされてしまったかのように佐藤陽平は他人行儀になっていた。

高輪口《たかなわ》を出て、京浜急行のほうへ数分歩くだけで、みるみる景色が変わっていく。東京のメッキが剝がされていく感じがする。

北品川駅の踏切を越えた向こうの日比谷書店の事務所までは、徒歩十分ほどだった。

「北品川からでも通えるけど、大体の場合は品川からのほうが早いんじゃないかな。家、どこでしたっけ」

「蒲田です」

「蒲田か。あ、でもなら京急線使えるかな」

「あ」

「ん？」

「でもJRのほうが近いんで、家から」

「じゃ品川からのほうがいいかな。そんなに遠いわけでもないし。徒歩でも、大通り沿いだとあんま遠く感じないですよね」

「そうですね」

佐藤陽平はつま先と会話でもしているのだろうか。

「担当の方も、話した感じすごい温和でいい方なので。男性」

「そうですか」

「メールで、荒坂からいってると思うんですが、今回は事務のお仕事に加えて配置換えの補佐っていうのがあるから。力仕事平気ですよね」

「あ、はい」

「本屋の配置換えって大変そうだな。日比谷書店行ったことある？　珍しくまだ活気ある本屋だよね」

「はあ」

なんでこんなに萎縮してるんだろう。こないだ越野と柴田が好きって教えてくれたじゃねえか。

「こないだ、帰りに話した時元気だったのに、なんか元気ないね」

佐藤陽平は一瞬、だだっ広い美術館に飾られている小さな一枚の白いキャンバスのように息をひそめた。いびつに揺らぐ視線の先が、怯えを滲ませていた。

「すいません」

「結構、人と話すの苦手？」

「はい」

「でもこないだ、いろいろ話してくれたよね。あれじゃん、野球の話とか」

「なんていうか、自分の中に波があって」

「波？」

「明るくなる時もなくはないんですけど、別にその時の気分を毎日持ってけるわけじゃないから」

大通りに沿って歩いていたはずが、いつの間にか短い橋の上へと行き着き、気づけば途端に人通りがなくなっていた。

目の前には線路があった。線路を挟んで二つの踏切があり、一つは俺たちを遮るように、もう一つはそのさらに向こうを断ち切るように待ち構えていた。道路と線路の交差の仕方が何か不安定で、それらは鋭角に交わっているとも言えたし、その一方で鈍角に交わっているとも言えた。

さびれた景色だった。華やかな品川駅からほんの少しそれただけで、こんなところにたどり着くのだった。

カンカンカンカン、と警報機が鳴った。丁度踏切に捕まってしまい、黄色い遮断機がゆっくりと降りてくるのをなんとなく目で追った。あれは存外軽く、人の手でひょいと上げてしまえるらしいと聞いたが、本当なんだろうか。

横切る電車が、音を立てて近付いていた。

「俺、やばいじゃないですか。自分がやばいのわかってるから、相手が自分のことやばいと思ってそうだとすぐ、引っ込んじゃうんですよ」

京急線の電車は古めかしく、時代ごとにいつの間にかリニューアルしていくJR主要線の電車の雰囲気とは遠かった。昭和からやってきたようなくすんだ赤い電車が、轟音《ごうおん》を立てて目の前をよぎっていく。

佐藤陽平はその赤い車体を見ていた。そこに何か特別なものがあるのかと思うくらい、強く、自分の目の前を遮っている古い電車を見つめていた。

「田町さんは、優しいですよね」

「ええ？」

俺の照れ笑いに佐藤陽平は無反応だった。

「俺、ほかにも派遣、何件か登録して、面談とか行きましたけど、大体態度よくなかったですよ。社員の。男で、事務で、派遣だと、担当が女だと気持ちが透けて見えるんですよ。ちょっとしたことで、あ、俺バカにされてるんだなって、わかります」

でもそうなると上手く喋れなくなるから、余計バカにされて、仕事も決まらなくて、仕事が決まらないとまた職歴が空いて、そうしたらまたさらに自信が目減りしていくから。

電車が去っても、遮断機はまだ上がらなかった。しばらくすると、北品川駅を発車した電車もこちらへ向かって来るのだとわかった。長い長い踏切だった。

また目の前が電車になった。

「担当の人の名前とか、覚えたの田町さんが初めてですよ。毎回誰が誰だかわかりません。顔もわからない」

「それはうれしいな。品川担当で、田町って覚えやすいのもあるけど」

山手線で品川の隣り、田町でしょ、と言うと、なるほど、と言って、今日初めて佐藤陽平が笑った。

「俺も、自信とかないし、よく目減りするよ」

「田町さんはめちゃくちゃちゃんとしてるじゃないですか。正社員《セイシャ》で、スポーツマンで」

「うちの会社ブラックだし、この景気だし、あといまは野球やってないよ」

「そうなんですか？」

「大学ん時一回腰やっちゃって、なんかそれからやってない。いまは時間ないのもあるけど」

「やっぱ忙しいんですよね」

「全然深夜いくよ。当然のように残業代出ないし。早く会社潰れねえかな～」

「はは、潰れんすか」

佐藤陽平がまた笑う。

もし、俺が佐藤陽平と小学生の頃に同じクラスだったら、きっと俺はまさちんみたいな奴と一緒になって、この暗くて不器用で笑顔の似合わない男のことをからかってはげらげら笑っていたのだろう。中高で俺と佐藤陽平が同じクラスにいたとしたら、絶対にグループが違って、話すのなんて三年間で一度あるかどうかで、何の接点もなかったに違いない。

　でも何故か、俺はいま、おまえみたいなのが俺の本当の友達なんじゃないかと思うんだ。似てるだなんて言ったらきっと、佐藤陽平は絶対否定するだろうけど、俺はそれがぶっ飛んだ考えだとは思わない。

　なあ頑張れよ。何を頑張ればいいのかわかんねえけど、頑張ってくれよ。佐藤陽平。

　電車が途切れ、最後尾が遠ざかっていくと、カンカン鳴っていた警報機がついに止み、ふんわりと遮断機が上がっていった。

「長かったっすね」

「朝、捕まんないようにしたほうがいいよ」

「気持ち、早めに出たほうがいいんですかね」

　いつの間にか佐藤陽平は神宮の話の時のように気安く話し始めていた。

「緊張、抜けたね」

「あ、はい」

「会社入る前でよかった。この調子で行けば、余裕だよ」

「ありがとうございます。今回、短いけど、これ決まればちょっと自信つくし、仕事頑張って、延長してもらって、信頼してもらえるようになったら、紹介予定派遣で正社員の口探してもらえるように頑張ります」

「その意気その意気。俺も、陰ながら応援させてもらうから」

「田町さんのおかげっす、本当に」

「いや俺も、スタッフの人とこんな突っ込んだ話することそんなにないから。話してもらえてうれしいし、出来ることは力になるから」

佐藤陽平は笑うと、どうしてもすきっ歯が目立った。

踏切を越えると社屋はもう見えていた。小さくて古めだけれど、堅実そうなビルだ。新しく何かを始めるにはぴったりだ。俺はまるで自分がここで働き始めるような錯覚をしている。今日から、新しく、人生を刷新出来るような期待が、何故か俺の中にも灯る。

佐藤陽平に会ったのはそれが最後だった。


「久々、踏んだなおまえ」

まあ休めよ、と輪島さんが一本差し出す。煙草を受け取り、火をつけると、それだけで身体がぼそぼそに切れて分解してしまいそうだ。

「先方キレてんべ」

「来週頭までに代打見つけないとやばいですね。見つかってないですけど」

「岡崎とか千葉のスタッフにも当たったか？」

「荒坂さんに頼んでメールでも、一斉で流してるんですけどまだ誰も反応なくて」

「まあまだ平日のこの時間だし、それは夜まで待って、ほか心当たりあるとこしらみつぶしで行くしかねーな。先方行ったほうがいいレベル？　行くレベルなら俺出ないとなんだけど」

「電話ですっげ怒ってるんで、最悪、ありますね。本当申し訳ないです」

「まあこの業界バックれの大安売りだけど、あいつらもよくやるよな。生活費どうしてんだよ。田町、こないだ面談引率したんだろ？　なんか兆候なかったのかよ」

「いえ、そういうのはあんまり」

嘘だった。佐藤陽平は初めから、社会人として信用出来るタイプの人間ではなかった。それは品川駅で初めて会った段階で、肌でわかっていたはずだった。

佐藤陽平は無事面談をクリアし、正規登録を済ませ、日比谷書店で七日間働いたのち、行方をくらませた。

「まああいつらみんなそんなもんだから、しょうがないんだけど、田町は田町でもっと人見てかないと。選別する目を養わねえと、こんな仕事なんだから」

「はい」

「普通の人間は派遣なんかで働かねえの。理由があるからここに来てんの。理由があるってことはわけありってことで、わけありってことは面倒くせえ人間ってことで、面倒くせえ人間にはろくでもないのがごろごろいるんだよ。普通の人間に接するみたいにやってたら全然ダメなんだよ。感情とか、一滴も入れちゃダメなんだよ」

だりいなあ、俺、やっぱ日比谷書店行かねえとダメかなあ、と輪島さんがひと息に煙を吐いた。煙は白く立ち上り、拡散し、部屋中へ溶けていった。

「あの、俺まだちょっとスタッフ当たってみますから。本当にすみませんでした」

「渡部とか荒坂とかから聞いたんだけどさ、おまえ結構今回のバックれ男、個人的に推してたんだって？　ダメだよ、そういうの。結局誰も幸せになんないから。誰も幸せになんてなんないの、こーゆー仕事は。なるわけねえじゃん、他人の人生安く買い叩いてんだから。おまえはおまえなりに、なんかスタッフのためになりてーとか、そういうので肩入れしちゃったのかもしんないけど、そういうのやめろ。期待しちゃダメだよ、他人に。そんなのもうわかってよ、ガキじゃねえんだからさ」

その日は結局替えが見つからず、電話のリストのエリアを拡大して、俺は延々と電話をかけ続けた。土曜も見つからず、日曜の夕方になって、たまたま金曜で就業が終わった女性のスタッフから折り返しがあり、翌日月曜から入ることを了承してもらった。急すぎる案件のため、時給には色をつけて千四百円とし、その分うちの会社の取り分が減ることになった。輪島さんに報告の電話をしたが、電源は入っていなかった。

「女性のスタッフにはなりますが、実績も長く、今回は必ず信頼出来る人物ですので」

「あのねえ、びっくりするから。普通あんな、一週間で消えないでしょ。派遣だっつっても、あんたんとこの社員なんだから、仕事に責任くらい持ちなさいよ」

「返す言葉もございません」

「期限付きで頼んでるってことは、その期間中本当にどーしても人がいるってことなの。そうでしょう。実際もうこの二日困っちゃってんだから」

「本当にこの度は、誠に申し訳もございません」

「まあもう来てくれて、消えないなら、女の人でもいいけど、配置換えもその人にさせるの。一斉にやるから力仕事なんだけど」

「ではそれは、よろしければ私が伺いますので」

「来てくれるってことは、それはサービスの範疇《はんちゅう》ってことでいいの？　今回のこの穴埋めってことだよね」

「もちろんでございます」

「じゃあそれに関してはメールで連絡します。男の人来んなら良かった。まあ今回のことはＨＳＡさんのミスってことで考えてるから、今後はもっと注意して派遣してきてください」

　先方と話がつき、電話を切ると、急に静けさに襲われた。頭ん中が白くなり、首を回しながら無人のフロアを見渡すと、灰色のカーペットがせせこましく続いていた。

それから五分以上そうしていた。指先一つ、動かせなかった。

腹が減り、ドトールへ行くと、店内は冷房が効きすぎていて肌寒かった。夏なんてとっくに終わってる。シャツの上から二の腕をさすり、アイスコーヒーとミラノサンドを受け取って席を探しに行くと、どこも空いていなかった。仕方なくスタンド席に収まり、狭い丸テーブルにトレーを置いてパンを食んだ。時間が経つ度に寒気は増して、なんでアイスコーヒーを頼んだのかと自分が恨めしくなってくる。

手癖のようにｉＰｈｏｎｅを取り出すと、昨日から溜まり続けている早夕里のＬＩＮＥがまた更新されていた。落ち着いたら返そうと思っていて、今はもう落ち着いたっていうのに、返す気にならない。

ニュースを見れば、注目トピックスにまたマサオカが返り咲いていた。

やっぱ根っからクズなんだな〜暴力団と癒着してるってマジなんかな?スターの転落としてはこの上ない逸材これって現役時代からクスリに頼って成績上げてたってこと?逮捕時の目がやべえてか元々こいつクソじゃんこういう奴って結局何やってもこうなるんだよね俺の友達飲み屋でこいつ見かけてマジ態度クソだったたって言ってたヤク中とか自

分でわざわざ転落したようなもんだよねマサオカのラリってる写真で打線組みますバラエティ出てる時の顔がすでにヤバい！絶対再犯するよね野球界を汚した戦犯こんなの街中に放したら怖くて外歩けねえよヤクザ反対っ～かこんなの好きな奴本当にこの世にいんの？

帰宅して、そのまま布団に顔を突っ込んで寝ようと思っていた矢先、ＬＩＮＥが鳴った。通話だった。

「はい」

「あ、いた。連絡取れなかったけど、大丈夫？」

大丈夫じゃない、と言いたかったけれど、俺は反射的にうん、と答えていた。

「顔合わせのことなんだけどさ」

「なんの？」

「なんのって」

眠りに落ちる前のまどろみが強いと、それは薄《う》っすらとした吐き気に近くなる。空ゲップをしながら、俺はスーツを脱いでいた。

「親の顔合わせに決まってるじゃん。譲、ご両親にはもう話したんだよね？」

「ああ、その顔合わせ。言ってるよ、大丈夫」

「日取り、決めたいからいつがいいか聞いてみて。お父さん、左手握れるようになったんだよ」

「まあうちの親とか週末ならいつでもいいと思うけど」

「でもちゃんと聞いてよ」

「てか手、握れるようになったんだ。よかった」

「うん。結婚決まったって言ってからすごい元気」

「よかった」

それから先、何も喋ることが見つからなくて、しばらく、と言っても五秒くらい、俺は沈黙していた。

仕事で疲れてんだよとか口に出来ないくらいに、俺は疲れていた。

「あのさ、私なんかした？」

正直、面倒くささが先に立った。

「え、なんも」

「三日も連絡放置してさ、LINE見てもないの？　お父さん手ぇ握れるようになったって私が送ったの金曜だよ」

ホーム画面に溜まり続けたメッセージを、俺はすぐに消していた。何もかもが山積みになっていくようで、それを見るのが嫌だったのだ。

「ごめん。ちょっと仕事で忙しすぎて」

「今日日曜だよ？　日曜の夜」

何を突っかかってきてんだよ。こんな喧嘩の仕方、いつもしてないだろ。

「いや金曜ちょっといろいろあって、昨日も今日も出てたんだよ。今日も本当にいま帰ってきたとこで」

「それならそれで、言えばいいじゃん」

「いやＬＩＮＥとかしてる暇なくて」

「そうじゃなくて、いま電話した瞬間にそう言ってくれればよかったじゃん。疲れてるんでしょ？　だったらわざわざ電話しないし、もう切るよ」

目の細かいやすりを肌に当てられてるみたいだ。早夕里は正論で人を追い詰める。俺が何したっつんだよ。

親が絡んでるからだな。早夕里は親父が絡めばすぐこれだ。

くだらねえなあ。全部。

「それも含めてごめん。ちゃんと今度から連絡入れるから」

「別に謝って欲しいわけじゃないよ。そういうんじゃなくて、なんかちゃんとして欲しい。譲ってみんなにそうなの？」

「何が？」

「私にあんまり本音言わないよね。嫌なら嫌で、ムカつくならムカつくで、ちゃんと言えばいいじゃん。そうじゃなかったら、結婚なんて続かないよ」

それは早夕里だってそうだろ。早夕里はあまり俺に当たってきたことがない。俺だってそうだ。俺たちは互いに無駄に気を遣いすぎていて、なのに本当の意味では互いを尊重していない。

何が結婚なんて続かないだよ。そんなの、初めてなんだからよくわかんねえに決まってる。

俺はバカだから、早夕里がキレてる理由は本当にＬＩＮＥ無視にあるのだと思っていた。結局、早夕里が伝えたかったのは、最後のひと言だけだったのだ。

「こんなこと言うと重たいかなって思ってたけど、譲、全然指輪の話だってしてくれないよね。私、結構それ悲しいよ」

それならそれで、言ってくれればいいじゃないか。言ってくれなければ俺は全然わからない。だって早夕里はずっとあれから、ニコニコ機嫌よく笑ってたじゃないか。

まあ確かにムードも何もねえプロポーズではあったよ。そもそも電話だし。でも俺は早夕里がそういうの普通に気にするタイプだってわからなくて、なんか一緒にいっぱい喜んでくれてるって、勝手に思ってたんだ。

代理で入ってくれた清野《せいの》さんは、受け答えのしっかりした雰囲気のいい女性だった。後ろで一本にまとめた黒髪が清廉さを感じさせた。

「この度はこんな急な案件を受けていただいて、本当にありがとうございました。本当に助かりました」

「いえ。こちらも丁度お仕事探すところでしたので」

こないだと同じルートで、高輪口を出る。通勤ラッシュからはかなり過ぎた時間帯だったけど、それでもまだ人の波は途切れず外へ外へと向かっていた。死んだように俯いて歩いている人が多いのにもかかわらず、何故か全体で見たら躍動感すら感じる。

「北品川からでも通えるんですよ。清野さんは駅どちらですか」

「私は浦和です」

「じゃあ品川からのほうがいいですかね。品川からでも十分近いし、大通り沿いだとあまり遠く感じないと思います」

「もう結構、外涼しいですね。突然秋って感じ」

「そうですね、このお仕事終わる頃には冬真《ま》っ只中《ただなか》ですね」

大通りを抜けると、京急線の踏切がすぐだった。今日は踏切には捕まらなかった。

「ここ、結構踏切長いんで、朝捕まると厄介かもしれないですね」

「なるほど～時間見ないとですね」

「ちょっと気持ち、早めに出たほうが安心かもしれないです」

俺はもう二度と、佐藤陽平に会うことはないのだろう。

ビルの一階のエレベーター前で、契約書とタイムシートの入った封筒を清野さんに手渡すと、清野さんはすぐにそれを確認した。

「あれ。すみません、契約書が」

「え、入ってないですか？」

「タイムシートは二枚入ってるんですけど、契約書、ないみたいですね」

すみません、と俺は謝り、明日また持ってくる旨を伝えた。必要以上に真剣に謝っている俺を、清野さんはちょっと変な目で見ていた。俺は少し変だ。俺は疲れている。とても疲れている。


品川駅のトイレで俺は腹を下した。何十分いたのかわからない。今日この後なんかあったっけ、と考えても頭が回らなくて、そもそも腹が痛すぎて頭が膝から離せなかった。全身がトイレットペーパーの芯になったみたいにがらんどうだ。こめかみから脂汗が出てる気がする。下痢してんのに吐き気がこみ上げる。上からだか下からだかもうわからない。

何やってんだかなあ。

本当に何やってんだかなあ、俺は。

ズボンもパンツも下ろした状態で、何もかんも丸出しで、吐きそうになりながらも俺はiPhoneを握りしめていた。

動物園の日
秋晴れ。空が真っ青に澄み渡っている上にカラッと乾いていて、動物園日和。朝早く上野へ。上野動物園は9時半に開園するらしく、動物をやるのも楽ではない。まず、パンダ。上野といったらパンダというだけあって、物凄い人だかりだった。トラ、ライオンも人気で、確かに見ていると迫力がある。ゴリラは冗談みたいな筋肉をしている。ゾウは私は個人的に好きだ。千年生きてる老女みたいな穏やかな目をしている。それからサル山。サル山はいろんなサルが思い思いに食べたり喧嘩したり毛づくろいしたりしていて、学校や会社みたいだ。橋を渡った向こうにペリカンとペンギン。シマウマやカバを巡って、最後はキリン。キリンも個人的に好きな動物だ。大きな動物はみんないい。私は子供みたいにはしゃいでしまって、また絶対に来たいと思った。来年でも再来年でも、また上野動物園で、ゾウやキリンが動きだすまでを、ずっとずっと一緒に眺めていたいと思った。


「っけんなよ」

両足で思い切り地面を踏みつけると、思ったよりもでかい音がトイレの中に響いた。虚脱感がひどいのに、俺は癇癪《かんしゃく》を起こしたように苛立っていた。


起きたら、八時半で驚いた。アラームはセットされていなかった。俺はいつも八時前に家を出ていた。

「すいません体調不良で。薬局寄ってから行きます」

「お？　大丈夫？　風邪？」

「風邪かわかんないんですけど腹がやばくて」

「今日予定あんの？　なけりゃ休んじゃえよ」

「予定ないです。けど、あ、一件だけ。書類渡すだけですけど」

「無理すんなよ~了解。まあ休む時はまた連絡くれや」

輪島さんに連絡を入れ、電話を切ると、急に部屋の中が広くなったような錯覚を起こした。ズル休みで学校をサボった時みたいだ。

マジでサボったろうかな、と思い、洗濯かごにぶち込まれている服の山を見つめた。シャツやらインナーやらがごみ山みたいにうずたかく積まれていた。

洗濯機を回している間、部屋中のごみを回収した。いつ使ったんだか謎のティッシュやら、つまみの袋の切れ端やらが、テーブルやベッドの下から見つかった。俺の部屋結構汚ねえな。

気温はそこそこ暖かいのに少し悪寒がして、やっぱり風邪なのかなと思う。床でまるまっていたパーカーをはたいてから羽織り、窓を開けて三分ほど待つと、次第に目が冴えてきた。換気なんてしたのいつぶりだろう。窓開けるだけなのに。

ぐるるる、ぐるるる、と洗濯機が低く唸っていた。俺は適当なところで窓を閉め、もう一度ベッドに戻って寝転んだ。大の字。いつも寝る時は横向きだから、大の字になるのなんて珍しい。

もし今日休んだら何しよう、と考えて、ちょっとびっくりするくらい、何も楽しみなことがないのに気がついた。なんか観たいものとかやりたいこととか、考えたら沢山ありそうな気がするし、行きたいところだって絶対いろいろある気がするのに、何も浮かばなかった。

駅前の薬局が開く時間まで待って、その間にベランダに洗濯物を干した。晴れて、いい天気だったけど、たまに吹く強い風はもう頬につめたかった。

若い薬剤師さんは親切だった。

「ちょっと腹を、かなり下してしまって」

「ほかに頭痛とか、せきとかありますか？」

「いえ、腹だけ。あと吐き気がちょっと」

「じゃあこのタイプの、この列のものがいいですね。いまウイルス性胃腸炎も流行ってるんで、もし効かなかったら病院にもかかってみてくださいね」

自分が少し普段のレールから外れてみると、街中が変わって見える。どこ行っても大体みんな働いている。働いてる人ばかりいる。コンビニ行っても薬局行っても、その辺歩いてても、よく見たら働いてる人ばっかりなんだ。

みんな偉いなあ。


昼過ぎに会社に着くと、意外に誰も何も言ってこなかった。自席までに何人かとすれ違ったけど、普通におはようございますだけだった。特に俺が遅刻しようがなんだろうが、意外にあんまり人に影響しないんだな、と思った。

島にはふみかだけがいた。

「おはよ」

「おはよう。腹やっちゃって」

「聞いた。治ったの？」

「まあ薬は買えた。風邪かな」

パソコンの電源を入れに、体を傾けた時だった。

「田町くんも忘れないで三千円頂戴ね」

なんか飲み代でも借りたっけ、と腑《ふ》に落ちなかった。

「三千円？」

「言っとかないと忘れそうだから言っとく」

「何代？　いつの飲み？」

「岡崎さんの退職のプレゼント代」

はあ？　とバカみたいな声が出た。

「何それ」

「今朝決まったんだって。私プレゼント係やるから今度色紙回すね」

「え、マジ？」

「冗談で退職ネタ使わないでしょ。今日岡崎さん出社して、輪島さんと会議室こもってなんか話してて、退職決めてまた帰った」

ふみかは無表情で缶コーヒーに口をつけた。

「え、マジで？　突然？」

「うちら的には突然だけど、輪島さんには言ってたんじゃないの？　知らないけど。どっちみち最近休みすぎてたし、不思議じゃないでしょ」

ふみかは意外なまでに冷静だった。もっと、こんなことになったら当たり散らすのかと俺は思っていた。

「いつ？　何日後？」

「引き継ぎ終わり次第って言ってた。子供が体弱いんだって。あと岡崎さんもつわりまだ残ってるらしいし、まあもうほぼ来ないくらいなんじゃない。有休あるでしょ」

「マジで」

「何回マジっつってんだって、だからマジだよ」

どーすんのかね、このチーム、と他人事のようにふみかが呟いた。俺はそんなことより、岡崎さんが辞めることがただただショックだった。

外線が鳴り、ふみかが取った。

「田町くん、保留2。日比谷書店」

電話を代わると、相手がかなり威圧的なのがすぐにわかった。日比谷書店の担当の男性は、当初インテリ系で温和に見えたのに、例の佐藤陽平のバックれ以来、人が変わっていた。

「あの、あれ、配置換えの件だけど。土曜の朝、本店十時半集合。裏から入って」

「裏からですね、承知しました」

「あんたは逃げないでちゃんと来てよね」

　捨て台詞を吐いて電話を切る人間は、現代にもそれなりにいる。


　五時過ぎに、契約書を持って再び日比谷書店の事務所へ向かった。清野さんにそれを手渡すと、わざわざすみませんと逆に恐縮されてしまった。

「どうですか？　仕事」

「大丈夫です、まだ二日目ですけど。ちゃんとやれてます」

　清野さんはあのインテリブチ切れおっさんから仕事を教わっているんだろうか。ああいうのは意外に女の人には優しいのかな。

　ビルを出ると、もう日が落ちかけていた。出勤が遅かったから、夜が来るのもあっという間だ。歩いているとまた少し腹が痛んできた気がして、ちょっと焦る。俺はどっか悪いんだろうか。こんなくだんねえ仕事して、身体こわして、そしたらその後俺はどうなるのだろう。

　例の踏切を越えて駅側へ戻る途中、橋を渡るところで、俺はふとその橋の下を見下ろした。橋の下にはいくつもの線路が走っていて、辺りにビルが立ち並ぶ中、そこだけぽっかりと暗く何もなかった。俺は一瞬、川かと思った。

幾重もの線路はかなりの道幅を取っていて、まるで本物の川のように広く長くまっすぐにこの街を貫いていた。まるで濁流が押し寄せてくるかのような圧迫感に息が詰まる。横に棒を渡されたかたちの鉄の柱の周りには、太さの異なる架線がいくつも張り巡らされていた。次第にそれは暗い天井裏に詰め込まれた無数の配線のように見え始め、見てはいけないものがむき出しにされているのを目撃してしまった気がして、本能的なおぞましさが足元からせり上がった。

俺は黙ってそれを眺めていた。佐藤陽平があの時、赤い電車をじっと見つめていたように。

橋の手すりに肘を乗せ、しばしそうしていると手元が寂しくなり、俺は知らないうちにｉＰｈｏｎｅをいじっていた。すぐにａｋｋｔｎｒｙｎ／ｍｅｍｏのブログへ飛ぶ。俺はもう百回くらい動物園の話を読んでいた。少し気が狂いそうだ。

俺はｉＰｈｏｎｅにも亜希子のブログをブクマした。もう一ヶ月もブログは更新されていなかった。

亜希子は何が嫌になったんだよ。あるいは、実生活が忙しすぎて、ブログなんてどうでもよくなったのかもしれないけど。

日比谷書店の棚の配置換えは、引越し屋のバイトを俺に思い出させた。あんなの、女性スタッフに出来るわけがない。さらに言うなら、佐藤陽平だって大した戦力にならなかっただろう。

「兄ちゃんバイト？　いい身体してんね」

「バイトみたいなもんです。これどこですか？」

「それそこの脇。赤いテープのとこで、内のラインで合わせて」

専門業者っぽい人も三人いたけど、あとは若手の男性社員二人だけで、あんまり動ける人がいなかった。本屋の棚ってすげえ重い。俺も下手をこくと腰にきそうだ。

「この余った二つは上持ってって、エスカレーター前のギャラリーに配置。業務用エレベーターで行くから」

業者のおっさんに何故か気に入られ、休憩中、缶コーヒーをおごってもらった。

「昔、なんかやってたっしょ？　持ち方板についてるもん」

「学生ん時に引越しのバイトをちょっと。それにしてもムチャクチャ重いですけどね、本屋の棚」

「いやこんなん業者じゃないと無理でしょ。何しに来たんだ、あの兄ちゃんたち」

日比谷書店の若手の社員は、もはや見守り役になっていた。二人とも新卒くらいで、大学生より幼く見える。何をやったらいいのかわからなくなってきているのか、二人はずっとカウンターについていた。二時半が過ぎた頃にあの嫌味なインテリオヤジがやってくると、彼らも途端に働き始めた。

絶対にこのまま帰って寝ようと思っていたのに、本屋を出る時にｉＰｈｏｎｅがないのに気がついた。嘘だろ、と思って会社ケータイから電話をすると、誰かが出た。

「はいバカ発見〜」

「誰？　ふみか？」

「なくしたと思ったんでしょ。ださ」

朝、一瞬会社に寄ってから来たのできっとその時だろう。やっぱり最近絶対やばい。普段なら携帯なくしたりなんてしないのに。

「てか二回目じゃない？　何やってんの？　いま家？　どうすんの、これ」

「いや本屋の帰り。例の配置換え」

「あ〜どうだった？」

「クソ疲れた。死ぬ」

ウケる、と言ってふみかが笑った。

「おまえ何やってんの？　土曜じゃん」

「仕事しに来てるに決まってんじゃん。決まんないんだよ一件、人が」

「いつまでいる？　取りに戻るけど」

「人決まったらすぐ帰る」

「じゃあ、まあ会ったら」

「てかさ、携帯ロックかけなよ」

早夕里からＬＩＮＥが入らなきゃいいなと思った。別に覗きはしないだろうけど、光った時にたまたま見られたら、気まずすぎる。


会社へ戻ると、ふみかはまだ残っていた。

「まだ決まんねえの？」

ふみかは平日よりラフな格好で来ていた。ジーンズにニットで、足元も平べったい靴だ。

「決まんないよ。もう知らないって感じ」

ふみかが口元も隠さずに大きくあくびをした。ふみかは結構口がでかい。

土曜の昼間なら、新宿班や品川一班もよく出社してるのに、珍しく誰もいなかった。

二人きりで話すのは久しぶりだった。

「あった～バカかこのｉＰｈｏｎｅは」

自席のｉＰｈｏｎｅを手に取ると、通知は入っていなかった。休日は早夕里からＬＩ

ＮＥが多いので、危なかった。

「田町くん最近やばくない？　輪島さんもあいつ最近ミス多いって言ってたよ」

「マジか。やだな。最近頭やばいんだよ」

「てか輪島さんから聞いたんだけど、スタッフの男が逃げたの気にしてるらしいじゃん」

別に気にしてねえよ、と言ったら声色が嘘くさくなった。

「どうせ勝手に期待して勝手に肩入れして勝手にショック受けてんでしょ。わかるよ」

うちらもこの業界そこそこ長くなってきたんだからさあ、割り切ろうよ、とふみかが言う。内容とは裏腹に、口調は柔らかかった。

「田町くんは妙に博愛なところがいいところだし、欠点だよ」

「博愛って何。んなことないだろ」

「わりと博愛だよ。私、他人の幸せとか考えないもん」

「俺だって考えてないよ」

「そおかなあ」

忘れないうちにアレやっとくか、とふみかがブラウザを立ち上げた。ハロウィンカラーの花束がトップページで特集されている。花屋のサイトだった。

「なんで花？」

「岡崎さんのやつ、忘れないようにさっさと手配しとこうと思って。田町くん見てたら思い出した」

　オンラインストアには花束の画像が規則的に並んでいた。赤とか白とか黄色とか、賑やかだ。花ってあんまり、真面目に見たことがないな。

「なんか最近枯れない花とかっていうのあるじゃん。アレにしたら」

「田町くんアホ？　岡崎さんがうちらから一生枯れない花貰って喜ぶと思う？　こんなんすぐ枯れるの選ぶでしょ、普通」

　ふみかは一覧のいくつかにちゃちゃっと星をつけて、お気に入りに入れた。お気に入りページに飛ぶと、星をつけた花だけが表示されるようになっていて、比較検討しやすくなった。

「赤とグリーンなら赤？」

「え、どうだろ」

「田町くんが一番岡崎さんと仲良かったんだからそんくらい考えてよね」

　赤かな、と呟いて、ふみかが画面から顔を引いて商品画像を見比べた。

　あんだけ嫌ってたわりに、こういうのは真面目に選ぶし、女ってよくわからない。

「送別会っていつやんの？」

「やんないよ」

「え」

「いや子供がどうのとか体調はどうので辞める人に飲み会強要してどうすんだって」

そんなの輪島さんがちゃんと聞いてるよ、とふみかが赤い花をクリックした。淡い黄緑のサブの花の中に、真っ赤なメインの花が主張していて、鮮やかだ。

「一万すんの!?」

「まあここのとかはそんくらいするよ。ブランドっていうか」

「花ってそんなするんだ……」

「お花なんてすごい高いよ。ちゃんとしたやつは。彼女にお花とか買わないの」

棘《とげ》を感じて、少し身を引いた。身を引いて、そういえば俺ふみかとやったんだよなと改めて思い起こした。なんだかすごい前のことみたいだ。

なんでやったのかな。やんなかったら、もっと普通に仲いい同僚でいられたのに。

「花とかは別に」

「へえ。あげればいいのに」

「花なんて、そんなうれしいもんかな」

「うれしいでしょ。情緒があれば」

俺は花を見た時に特別きれいだとか思ったことがなく、あんなのイベントの飾りの一部だとしか思っていなかった。俺は情緒がないのかもしれない。

「ふみか、情緒、あるんだなあ」

「あるでしょ、普通」

「俺ないかも。花、わかんないし」

「まあ田町くんは博愛だから、逆に近い人に冷たいとこあるよ」

クレカの番号なんだっけ、となんでもないことを言ったかのようにふみかが続けた。財布から取り出したクレカの番号をテンキーで素早く打つ音が響く。

ここで黙んないでよ、と言ってふみかは笑った。

「何、逆に」

「いや」

「どういう意味か知りたいみたいな話？」

無粋すぎるでしょ、とふみかは言った。

赤い花は無事に決済され、当日の昼に職場に届けてもらう手筈《てはず》になった。岡崎さんの最終出勤日まで、もうそんなに日はなかった。

ふみかは少しデスクから離れ、椅子のまま俺のほうへ向いてみせた。俺たちは正対していた。

「田町くんは、逃げた派遣の男とか、わかりやすい問題抱えてるみたいな人にはすごい優しいのに、そうじゃない人のことは何も目に入れないよね。そういうところあるよ」

「ごめん」

「ごめんて。何についてよ」

「……なんとなく」

「だからそこがさあ、なんとなくじゃダメでしょ」

ダメだろう、田町譲、とふみかがふざけた声で続けた。

ふみかの顔が曇る。人は笑顔で顔が曇ることがあるんだ。

さ〜仕事仕事、とわざとらしくふみかが呟く。そのまま沈黙が続き、キーボードの音だけがカチャカチャと聞こえてきた。しばらくして、やった〜とふみかが大袈裟に手を挙げた。

「見つかった?」

「見つかった〜偉い、最高、鈴木萌絵《すずきもえ》」

メールで返信が来たらしいスタッフの名前をふみかは連呼していて、それから少しの間、メールを返すタイピングの音が聞こえていた。その間も何か張り詰めたものが俺たちのあいだにあった。

じゃ、先帰るわ、と俺がビルカードをタッチして出て行こうとした時、ふみかは大きな声で言った。

「私は、情緒あるよ」

繰り返す。

「私には情緒がある」

中途で入った唯一の同期がふみかだった。二人とも前の会社が嫌で嫌で転職したはいいけど、この会社も結構大概で、出だしから毎日残業ばかりだった。またはずれ引いたんじゃないの？　という話をしては、俺たちは肩でため息をついていた。

最初に一緒にラーメンを食って帰った日のことを俺は覚えている。

「でも同期さあ、いてよかったよ。タメだし。中途で入ると微妙に肩身狭いじゃん。残業多いかもしんないけど一緒に頑張ろ、転職組はそんなにもう後もないんだしさ」

てか、田町くんメンマ食べれる？　私これダメなんだよね～、とふみかは直箸《じかばし》でメンマを寄越した。

ふみかは気さくで、いい奴だった。すげえクソな会社だけど、いい同期がいてよかったなあと、俺はその時思ったのだ。

岡崎さんとちゃんと話が出来たのは、最終日の少し前だった。押した仕事が重なって俺は社外に出ていることが多く、岡崎さんは休む日が多かった。有休もほとんど全部使ってしまっていた。

久しぶりにちゃんと顔を合わせた時、丁度俺も直後に何の予定もなかった。岡崎さんはやっぱりタイミングがいい。

「よし、じゃあサボってくるか」

岡崎さんは会議室を素通りして、そのままエレベーターへ向かった。俺は何回かこうやって、岡崎さんと外へサボりに行ったことがある。

「ドトールでも行こっか」

「え、大丈夫ですか」

「いまどき分煙だし、大丈夫でしょ。てかそこ気にしてたら入れる店ないからね〜」

俺はアイスコーヒーを頼み、岡崎さんはオレンジジュースを頼んだ。そういえば岡崎さんはいつもオレンジジュースだった。

平日昼間のドトールはそこそこ空いていた。客がみんなサボってるサラリーマンに見えてくる。

俺たちは禁煙席の一番端の席へ座った。

「まあ、重ねてになるんだけど、こういうことになりまして」

「はい」

「理由は上の、保育園行ってる子が結構何かと体調崩しやすくて、たぶん単に過敏なんだろうけど、まだ親元離れるとちょっとダメみたいでさ。ストレスみたいなもんなのかな。いまは親が、親埼玉なんだけど、昼間預かってくれててどうにかなってるんだけど、これって全然どうにかなってないからさ」

どの道そろそろ産休だし、二人目産まれたらさらに大変になるし、どうすっかねえ、って旦那と話した結果がこれ、と岡崎さんが言った。一周回って、語り口は軽かった。

「まあ仕事は辞めるつもりなかったんだけど、しょうがないよねこればっかりは。子供は親しかいないからね。皆様にはご迷惑をかけっぱなしで申し訳ないです」

「いや、ほんとお疲れ様でした。岡崎さんいないと俺は寂しいし、かなり心細いですけど。でも社内でもいろいろ、大変そうだったし」

「田町くん頑張って出世してさ、子育て問題どうにかしなよ。逆に就学まで育休可にしよ」

岡崎さんは笑っていた。

「正直、見てるほうも辛かったですよ」

「実際本当に迷惑かけてたし、それは申し訳ないと思ったよ。まあでも、あんなあからさまに攻撃されたらこっちも人間だもん、ムカつくわ、そら。経理のおばさんいるじゃん。カマキリ。あいつさあ、トイレでなんつったと思う？　随分計画性がないのね、だって。おまえの人生だって相当計画性ないっつうの」

岡崎さんは一気にオレンジを飲み干し、干上がったグラスに細かな透明な氷だけが大量に残っていた。

「私も性格良くないからさ。あんなに会社会社言われたら、じゃあんたらあんな会社のために生きてんの？　どういう理由で？　って思っちゃうんだよね。あんな会社上手く回すために、次いつ出来るかわかんない子供バースコントロールしたりする？　私も歳、考えるしさ。あいつら勘違いしてるかもしんないけど、そんな作るっつって作れたりするようなもんじゃねえんだっつうの。生き物なんだから、そんな人の手でどうこう出来ないんだよ。もちろん産まれてからもそうだけどね」

「あの、お子さんって、体調どんな感じなんですか」

「あ、大丈夫、別に何か深刻な病気とかそういう話じゃないの。元気元気。家では元気なんだけど、保育園っていうか、親元離れると、なんかよくわかんないけどすぐ熱出しちゃうんだよね。熱出ると帰されちゃうのよ、保育園。病児保育とか基本空いてないし、毎度埼玉から親来てもらうのも距離あるし」

いろいろ考えたけど、ねえ、とゆっくりと本を閉じていくように岡崎さんが目を伏せた。

「今後は専業主婦ってことですよね、妊娠されてるし」

「そうだね〜まあ悔しい反面、目先のこと考えるとお腹《なか》も重くなってきたしラクでサイコーって感じ」

「いいじゃないですか」

「サイコーじゃない？　通勤する人たち見下ろしながら布団でも干すわ」

サイコーですね、と俺が笑うと岡崎さんも笑った。歯並びがモデルみたいにきれいだった。

「俺も、辞めようかな会社」

「ええ？　本当に？」

「いや、現実的ではないですけど。最近メチャクチャ考えます」

「静岡の嫁はどうした」

「全然、結婚しますよ。最近険悪ですけど」

「険悪なんだ」

「微妙に険悪ですね」

両家顔合わせの日取りも決まり、うちの親が静岡に赴くことに決まった。場所が静岡だから早夕里のほうがわかるだろうと思って店選びを全部任せていたら、また機嫌を損ねてしまった。

最近、俺たちは喧嘩ばかりしている。それでも喧嘩の一つもしなかった頃に比べたら、関係は良くなってきてるんだろうか？

「まあうちもよく喧嘩するよ。日付変わると忘れるけど」

「何が原因で喧嘩するんですか？　参考までに」

「いや、納豆とたまご混ぜていいかどうかみたいなことですぐキレるよ、互いに」

「どっちでもよくないですか？」

「いや、混ぜないでしょ、普通」

岡崎さんとは会社の先輩後輩で、それ以上でもそれ以下でもなくて、休みの日に遊んだことなんてないし、きっとこれからもないだろう。こんな風にくだらない話をするのは、これが最後だろう。

いま目の前にいるはずの岡崎さんが、もう思い出みたいに淡い。

「田町くんもさ、頑張ってね。体調大丈夫なの？　最近顔色悪いけど」

「うーん、もうダメかもしんないっすね。もう何もかもキツいかも」

何もかもダメって時と、何もかも上手くいくって時の違いとはなんだろう？　実際に起きている事象には実は違いはないんじゃないんだろうか？　いまは全然ダメとかいまは全部オッケーとか、そんなの自分の気持ち次第で、どうにでもなるような気もするし、そうでない気もする。

心意気次第とかよく言うけど、その心意気をどうにかするのが一番難しいって話だし。

「先輩に聞きたいんすけど、岡崎さんはスゲーもうダメ、絶対死ぬって時にどうやって回避してますか」

「え～死ぬって時？　会社でカマキリババアにジトジトいびられて巨乳の後輩に理不尽

にキレられたりした時？」

「そうそう」

「え～なんだろ」

「いや、死ぬって思っても、結局死ねないじゃないですか。みんなどうしてんのかなと思って」

岡崎さんは探偵みたいに、形のいい顎に手を添えた。

「真面目にこれ答えたほうがいいの？」

「真面目にください」

「ジャニーズのＤＶＤ」

「マジですか？」

予想外すぎて本当にテーブルから片肘落としそうだった。

「え、岡崎さんジャニオタなんですか？」

「在宅だしそんな大それたもんじゃないけど」

在宅って何？

「全然そこは予想してなかったんですけど」

「いやもう辞めるし言ってもいいかな～と思って」

「いいですけど意外すぎて。誰ですか？　嵐？」

「田町くんに言っても絶対知らないもん～言わないよ」

「じゃあ知らないんだと思いますけど」

急に岡崎さんのテンションが上がってて俺はビビる。最後にしてこんなことが発覚するとかあるんだな。

岡崎さんはそれからぱぱーっと喋った。

「会社でババアにいじめられてオヤジによくわかんないこと言われて後輩にまでギャーギャー言われてあ～あ最悪～世の中理不尽だなみんな死ねって思っても、帰ったらDVD観よ～と思ったらちょっと頑張れるじゃん」

「そんなもんですか」

「そんなもんでしょ？」

なんかもうちょっとすごい魂の抱負みたいなのを期待してたけど、まあ実際そういうのは役に立たないもんだし、それならジャニーズのDVDのほうが現実的なアイテムか。

「逆に田町くんてなんかそういうのあんの？　誰？　乃木坂46？」

「すいませんアイドルわかんねえっす」

「うっそマジ、知っといたほうがいいよ」

「なんだろ、俺アイドルわかんねえし、あんま会社で嫌なことあってもただただ家帰りたいだけで明確な動機が」

「まあでも結婚するしさ、環境も変わるでしょ」
「そうですね」
「毎日会社行くのすごい大変じゃん。それをなんとなく支えてくれるものがあんのはいいことだよ」

岡崎さんが退職する日、みんな普通だった。岡崎さんは十時から四時までデスクの整理なんかをしてて、輪島さんは相変わらず中抜けが多く、ふみかは営業先に出ては戻ってきていて、俺はその日は外回りを入れずに溜まった事務作業をやっていた。

ふみかが花束を渡した時、岡崎さんは少し驚いていたように思う。あれだけああだこうだ言われた相手から餞別《せんべつ》を受け取るのはやっぱり微妙だったんだろうか？　でも岡崎さんはあの淡い黄緑の花の中に真っ赤な花の咲いている花束を抱えて、笑顔で退職していった。

俺は彼女の連絡先を知らない。

「あ、富士山」
きれいに見えるもんだわねえ、と母親が妙に感心した声を上げた。母親が自然に興味があるだなんてなんとなく意外だった。

「あんたなんか眠たそうな顔してるわね。いま寝といたら？　さすがにそれで挨拶すんの、失礼よ」

　昨日帰るの遅かったから、と言うと、寝なさい寝なさい、と母親は勝手にマフラーを俺の顔にかけてきた。いらないよとそれを返し、目を瞑《つむ》るとそのまま潜るように眠った。新幹線は揺れが少ない。

　両家顔合わせは静岡のホテルで行われた。早夕里の選んだ駅近のホテルはよくこういうことで使われてるみたいで、感じのいい日本料理屋だった。

　退院からしばらく経って、早夕里のお父さんはちょっと肉がついたように思う。

「譲くん、お久しぶりです。この度はおめでとうございます。わざわざようこそ」

　病室で会った時よりも快活さを感じ、この人は普段こういう感じでグラウンドの朝礼台に立っていたんだなと思った。杖をついてはいるが、元気そうだった。

「お久しぶりです。退院おめでとうございます。体調はいかがですか」

「左手は少し麻痺《まひ》が残っているけど、歩けるし、不幸中の幸いです」

　早夕里はお父さんの隣りでうれしそうに微笑《ほほえ》んでいた。その左手の薬指にはきちんと石付きの指輪が光っている。

　小粒だけど、俺の精一杯ってことで渡したそれは、ちゃんと本心から喜んでもらえたんだろうか？

「譲、目の下ちょっとクマじゃない？」

「え、うそ」

「それ写真に残るんじゃない？」

「そんなやばい？」

「まあ別にいいんじゃない？　そういう忙しい、若かりし日に撮った写真ってことで」

料理を楽しんだあと、そのまま座敷で写真撮影は行われた。部屋に飾られていた、なんて書いてあるのかわからないけどなんだかめでたそうな掛け軸の前に両家六名が集合した。

早夕里のお母さんは、ああでもないこうでもないと言いながら、三脚に乗せたでかいカメラの設定をいじっていた。早夕里曰《いわ》く、友達に借りてきたものだから本人もよくわかっていないらしい。

結局、お店の人を呼んで撮ってもらった。場所が場所なだけにこういうことは日常茶飯事なのだろう。写真の撮り方がかなりプロっていた。カメラの小さなモニタ上では、俺のクマは確認出来なかったけど。

「い〜い写真だら！　代々残るいい写真になるに、これは」

早夕里のお母さんが相変わらずいい反応をしまくるので俺が笑いを堪《こら》えていると、それを察した早夕里が俺を見て笑った。

よくわかんないことばっかりで、実際結構喧嘩するけど、俺はこの人たちの大事な娘をちゃんと幸せにしてやらないといけないんだな、とこの時初めてクリアーに思った。

自分の親と、早夕里が同じ空間にいるのを見るのは不思議な感じだ。自分の小学校とか大学の、時代の違う思い出が一緒に迫ってくるみたい。

店を出て、お茶でもしようとなった時、一瞬トイレ休憩を挟んだ。みんなトイレに行ってしまって、ロビーに残ったのは早夕里のお父さんと俺だけだった。

雑談っぽい感じで、俺は尋ねた。

「お父さんは、野球観ますか」

「野球は巨人かな。いまはあんまりテレビでやらないから、観なくなっちゃったけど」

「そうですか。俺も巨人好きです。なんでも観ますけど」

「譲くんは野球は。いまもやるの？」

「いえ今は。大学ん時にちょっと怪我《けが》して。まあもう出来るとは思うんですけど、時間もなくて」

「そう。歳取ると身体も動かなくなってくるからね、行けるうちに、バッティングセンターでもなんでも、楽しんでおいたほうがいいよ」

「はい」

マサオカ選手のニュースあるじゃないですか、と俄かに俺が切り出すと、お父さんはうん、と静かに頷いた。

「マサオカはあれは、ダメなんですかね。あれは返り咲けないんですかね」

俺、昔、あの人に神宮球場でサインボール貰ったことあるんですよ、と付け足すと、だからなんだっていうんだよと、自分でもおかしくなってきた。

「ああなっちゃったら、人はだめですか。昔みたいにはなれませんか」

って、何言ってんですかね、とひとり言のように続けると、同時に軽率な笑いが漏れた。こんなの、雑談のトーンじゃないだろ。新聞の人生相談かよ。

でもお父さんはじっと俺を見ていた。年輪の多い木のような穏やかさで、俺のバカみたいな質問を真面目に見届けていた。

左手を杖から離すと、少しだけその体は傾いだ。

「長いこと教師をしてるといろんな奴に出会う。薬物とか、ああなっちゃうと、確かに更生は難しい。本人の意思がどうとか、そういうのがあんまり関係ないものだから」

たとえばこれみたいなもの、とお父さんは自身の左手をゆっくりと握った。

「でも少し話はずれるけど、もし君が彼を信じたいなら信じてあげたほうがいいんじゃないか。それが巡り巡って、君のためにもなる気がする」

馬場先生は、象のような眼差《まなざ》しをしていた。

「君が彼を信じようが、信じまいが、正直彼には何も伝わらない。手紙を書くとか、直接会いにでも行けば別だけど。マサオカが君の想《おも》いに気づくことは一生ないだろう。だけど、君はマサオカを信じることで、自分が知り得ない誰かからの善意を信じることができる。自分が本当につらくて、どうしようもない時に、何の証拠がなくっても、もしかしたらこの世の誰かがどこかでひそかに自分を応援してくれてるかもしれないって呆れた希望を持つことができる」

そういうことを信じられたら、我々は生きるのが少し楽になるかもしれないね、と馬場先生は言った。

帰りの新幹線で、俺は亜希子のブログを覗いた。

結果から言うと、更新されていた。

だけど、過去記事は全部消されてしまっていた。新しい記事だけがひとつ、残っていた。

家に帰って、風呂にでも入って、ちゃんと落ち着いてから読もうと俺はｉＰｈｏｎｅを切った。目の前で親父と母親の寝息が揃って唸っていた。窓に富士山が流れていく。

呆れた希望を持とう。

冬へと差し掛かった頃、挙式の日取りも春に決まり、いよいよ結婚式の準備も本格的になってきた。早夕里はたびたび上京し、式場との打ち合わせやその他の準備に手をつけていた。早夕里とは年明けから一緒に住むことになった。新居探しもしなければならないし、やることずくめだ。

譲は全部似合う似合うって言いそうだから、との理由で、ドレス選びには早夕里の東京の友人も同席した。みかちゃんははきはき喋る、快活な女の子だった。去年結婚していて、本人曰く結婚の先輩らしい。

二枚のドレスを選ぶのがこんなに大変だとは知らず、舐《な》めてかかった自分を反省した。早夕里とみかちゃんは取っ替え引っ替え、ドレスを試着し、ああでもないこうでもないと写真を撮っては査定していた。俺だけだったら本当に何もジャッジ出来ないで揉めてただろうな、と思う。

みかちゃんといる時の早夕里はいつもより子供っぽく見える。俺の知らない早夕里はまだ沢山いる。

すっかり日が落ちて、夜になり、どこかで飲んでいこうということになった。みんなどっと疲れていて、出てすぐ看板が目に入ったところに駆け込んだ。夜風は大分つめたくなってきていた。

全員ジョッキで乾杯した。早夕里も珍しくビールだった。

「今日は助かったよ、本当。俺ひとりじゃとてもとても」

「思ったけど、やっぱ持つべきものは友達だね。譲、反応うっすいんだもん」

「いや全部似合ってたよ、ホント」

男の人は皆こんなもんだよ～とみかちゃんが笑う。みかちゃんは大皿の鳥串を箸のうしろでバラしていた。

「でも今更だけどさ、早夕里も無事結婚出来てよかったよ。子供出来たら同じ幼稚園入れよ～」

「みかちゃんてどこ住んでんの？」

「上石神井《かみしやくじい》。西武新宿線。結構住みやすいよ。早夕里と譲くんもおいでよ、いま物件見てんでしょ？」

「上石神井か～家賃相場どう？」

「都内だと結構手頃な部類なんじゃない？　譲くん今どこ住みなの？」

「雑司が谷」

「いいとこじゃん。早夕里はどこ住みたいとかあんの？」

「う～ん、まだ仕事決まってないからなあ。あんま職場から遠くないとこがいいな、やっぱ。でもそうなると高いか」

「まあでも最初は別に何部屋もなくていいしさ、利便性って大事だよ。やっぱ都心に出やすいのって重要じゃん」

みかちゃんはよく喋り、いつもの俺と早夕里のなんとなく全体的に静かな雰囲気を大きく底上げした。二人の大学時代の話や、みかちゃんの旦那との馴《な》れ初《そ》めなんかを聞いた後で、突然職場の話へ移った。

「いやでもホントにうちも、早夕里も、上手いこと若いうちに相手見つけて、ちゃんとゴール出来てよかったたって思うわけ。いまうち職場でさあ、やばい子いてさあ」

みかちゃんは大手の生保に勤めていた。

「簡単に言うと社内不倫なんだけど、女のほうが私の同期で、普通に可愛いんだけど、なんでか知らないけど社内の既婚のおっさんと付き合ってるらしくてさ、それ部内全員知ってんの。しかもおっさんは絶対遊んでるだけなのに、同期の子のほうが本気で結婚したいとか言ってんの。ええ〜って思って。アレってなんなの？　オヤジの魔法みたいなもの？　しかもオヤジ、全然かっこよくないの」

みかちゃんの陽気な語り口に早夕里は笑った。この二人には関係のない、全く別の世界の物語なんだ。

「でさ、なんかまあ仕事の後とかにさ、会ってるらしいわけ。ビルの外で同僚が目撃したりとかしてて。暗黙の了解〜って感じで誰も触れてなかったし本人たちも隠してるっもりだったらしいんだけど、こないださ、アレあったじゃん、地震。結構でかいやつ。あん時に外で会ってたらしいの、土曜だったから。なのに地震でビビっておっさんが速攻その子の目の前で家電話してそのままタクって帰っちゃったらしくて、それがショックだ、とか言って同期が三日も会社無断で休んで問題になったたって話。おっさんさあ、最悪なことに下の子供一歳とか二歳らしくて、まあそりゃ心配で家帰るよなって感じじゃん。電車とか止まってたし、若干異常事態だったし」

これを居酒屋で延々聞かされる同期の私の心境ね、とみかちゃんがオチをつけるように言った。

「あの時私と譲、歩いて帰ったんだよ。東京駅から、雑司が谷まで」

「えっマジ!?　すごくない!?」

「ぺったんこの靴わざわざ買ってさあ、一時間半くらい？　ずっと東京歩いたんだよ」

「てかあの日早夕里東京いたんだ？　私家いたんだけど、ＩＫＥＡのラック倒れてビビったよ」

「たまたまね。でもなんか、遠足みたいでちょっと面白かったよ。ね？」

同意を求めるように早夕里が俺の顔を見る。俺はうん楽しかった、と答え、その後に一応みかちゃんにこう尋ねた。

「その不倫で病んでる同期、変わった苗字だったりしない？」

妙な方向からの俺のボールを、早夕里もみかちゃんもなんだそりゃという顔で見つめていた。

「なんで？　知り合い？」

「いや、なんとなく」

「全然変わってないよ。斉藤」

「へえ。確かに全然変わってないね」

ぽこぽこ、常に新しい泡が生まれては弾《はじ》けるようだった俺たちのテーブルの勢いは、そこで止まってしまった。

そんなの、日本中のどこにでもあるような話なんだろうな。

Ｎｏ Ｔｉｔｌｅ

いろいろ消去。消してしまえば一瞬だった。意外に記憶もこんな風に、いつのまにか消えていくんだろう。とにかく今はなにも考えるのをやめようというかんじ。下手に自分を貶《おとし》めるのも、何かのせいにするのもやめよう。誰が見てたのか知らないけど、こんなどこにも繋いでない日記にもちゃんと見てる人がいて、毎回何件かＰＶがあるのに驚いた。何でたどり着いたんだろう？　私はこのブログを始めるとき、誰にも覗かれない井戸を作ろうと思って壁打ち用にアカウントを取りました。でも誰にも見られたくなかったのに、いざ誰かにちゃんと読まれていると思ったらちょっとうれしかった。
ここは近日中に消します。

確かにこれは一日二日で消えてしまった。俺は一瞬スクショで保存しようとも思ったけど、そんなことやっても意味がない気がしたし、何もかも消そうという亜希子の意思に反するような気がしたのでやめた。
いまはもうアカウント自体が削除されてしまい、天龍院亜希子の足取りはわからなくなった。

岡崎さんの後釜はまだ決まらなかった。正社員は慎重に採っていくとかいうのが上の言い分だったらしいけど、もはや俺とふみかはそれに文句を言えないほどに疲弊しきっていた。岡崎さんはやっぱりすごく仕事の出来る人で、時短にしてたとは思えないほど抱えていた案件の数が多かった。輪島さんは品川はそろそろ案件が減ってくるからそれまでの辛抱だ、と笑って、本人は相変わらず何をしているのかわからない。

せめてもの補助要員として新しく入ってきた短期派遣の人は、青木《あおき》さんという若い女の子だった。

「ちょっと青木さん、これまた間違ってんだけど」

「えっでもさっきやったんですけど」

「いいからちょっとこっち来て」

新卒の会社をすぐに辞めてしまったらしい青木さんは、まだまだ大学生みたいで、かなりいろいろ頼りない。そもそも初日に薄いブルーのジーパンを穿いてきた時点でふみかを真顔にさせた。

なんでこのクソ余裕のない時にこの子採用したのかな、と思ったけど、答えは簡単で、青木さんが小柄でちょっとリスっぽい、可愛い女の子だったからだ。輪島さんはこういうのが好きなんだろう。

「私これ、タブ別に分けてって言ったよね？　ファイル別にしてって頼んでないよね？」

「タブ」

「タブは、これ」

「すみません、直します」

「いや、いい。自分でやったほうが早いから。あなたも来て早々こんな現場で大変だとは思うけど、お給料分はちゃんと働いてもらわないと困る。ただでさえ仕事、回ってないんだから、これ以上仕事増やさないで」

完全に正論だったのに、どうしてもぱっと見青木さんが可哀想に見えてしまうのは絵面のせいだ。まるでライオンとリス。青木さんは基本的なことがあまりよくわかっていない上に人の話が脳をすり抜けていくタイプらしくて、ふみかが間欠泉になるのもこれはやむなしという感じだった。あのロリっぽい風貌もまた、カンに障るのだろう。男相手に損はしなさそうだけど、女には好かれないタイプだ。

「千葉がま〜た吠《ほ》えてんのか」

輪島さんが面白そうに笑う。笑いながら煙を吐くと、途切れ途切れに白い楕円《だえん》が連なっていく。

「今回に関しては基本千葉は悪くないですよ。青木さん、悪い子じゃないけど、結構本当に人の話聞いてないし」

「でも可愛いんだけどね、見た目」

二十三なんだって、若いよねえ、と輪島さんが目を細める。同じ男なのにもかかわらず、このおっさんが時折見せる下卑た雰囲気に触れると、俺は少し身のすくむ思いがする。

輪島さんにはスタッフを食ってる噂が昔からある。

「ちゃんと社員、入るんですよね」

「入る入る。人事にもちゃーんと言ってるから」

「俺も千葉ももう結構限界なんで。本当に頼みますよ」

「大丈夫。田町も千葉も、優秀だから。あの案件数ふたりで回してるってのは凄いよ。他のエリアでも評判なんだから。社長の耳にもちゃんと入れておくからさ」

　来年になってもこの待遇が変わらなければこの会社を辞めよう、と俺は密かに思っていた。こないだ転職サイトには登録した。まだ遊び登録だけど、それでもいろいろメールが来る。

　どこに行っても辛いことは沢山あるんだろうけどさ。

「俺、今日午後に三件回るんで、夜まで帰りません」

「お～忙しいね。合点承知」

「社員の件、本当に頼みますね」

　オッケーオッケー、と輪島さんが手を振る。この手の希望には縋《すが》らないほうがマシなのを俺は経験則で知っている。

　自席に戻ると、青木さんがべそをかきながらワードを打っていた。ふみかはどこかへ消えていた。

ワード打ちながら泣いてる人初めて見た。

「……大丈夫？」

「あ、はい、すいません」

「千葉は？　もう出た？」

「出ました」

「……スッゲー怒られちゃった？」

「すごい怒られました」

ずびっ、と鼻水の質量を感じさせるような音を立てて、青木さんはガキみたいに顔の中心を赤らめて泣いていた。職場ってなんだっけ、と考えさせられるくらいには、その光景は子供染みていた。

聞けば、ふみかがいま行ってる客先に持っていく用に作らされていたスタッフの経歴書を全く違うスタッフのデータで起こしてしまったらしく、出かけ際に鬼ギレされたんだそうだ。鬼ギレと表現したのは俺ではなく青木さんだった。この子、自分の責任わかってんのかな。

「まあそれは青木さんが不注意だったね。ミス多いから、気をつけないと。こんなとこ回されてきて気の毒だとは思うけど、俺も千葉も業務パンパンでいっぱいいっぱいだからさ。おっつかないんだよね」

「はい……」

ひい～、と情けない音を立てて、青木さんの泣きがさらに悪化してしまい、俺は本能的にビビる。俺は女に泣かれるのがすごく怖いのだ。

「ちょっと、クールダウンしよ。そこの会議室空いてるから。飲み物飲んで休憩しよう」

ひっひっと泣く小柄の女の子を連行するのは人目が痛かった。それに耐え、会議室まで彼女を連れて行くと、青木さんはへちゃっと椅子にもたれながら俺の買って来た缶コーヒーに口をつけた。

「ずみません」

「もう謝るのはいいよ」

「あ、いえ、コーヒー」

ふてくされたような顔の青木さんが缶コーヒーを啜る。可愛いっていうか、まあ見た目は可愛いけど、思ってたよりもさらに困った感じの子だな、と俺は改めて思った。

甘めのアイスコーヒーを一気に飲み干すと、青木さんはポツポツと河原に小石を投げるように心情を吐露し始めた。

「私ほんと、そんなつもりはないんですけど、よく仕事ですごい怒られるんですよ。確かに私が悪いし、今後気をつけようって思うけど、でもあんな怒鳴んなくてもいいじゃないですか。千葉さんめっちゃ怖いし、怖いから途中でちょっと気になったことあってもすぐに聞けなくて、そのまま続けてたらやっぱり違ってたってなって、また怒鳴られて」

「まあね、確かに人を怒鳴るのはあんまりよくないよね」

ふみか怖いしな。

「私、人に大声出されるの苦手なんです。あと女の先輩。女の先輩、いい人当たったことない」

それはちょっと君にもたぶん問題があるな、とは思うけど、また泣くから俺は口を慎む。

「同僚としてフォローするけど、千葉は悪い奴ではないし、あいつがいないと本当にここは回らない。むしろ結構いい奴なんだ。ちゃんとしてれば。ただ、さっきも言ったんだけど、あまりにいま人手が足りないからみんなピリピリしてるんだ。怒鳴って、青木さんを萎縮させたのは確かによくないことなんだけど、そういう事情があってのことっていうのはなんとなくわかってくれたらいいな」

「でも、さらにもうちょっと、何かありますよね」

「何かって？」

「絶対、私が若いから余計にきつく当たってるんだと思う」

そういうことをすぐに口にするからダメなんだって、そろそろ君も気付いてもいい年齢じゃないかな。

まあそれでも一年、出来ればちゃんと満期まで、この子にも頑張ってもらいたい。

「青木さんジャニーズ好き？」

青木さんは突然何言ってんだこのおっさん、という顔で俺を見上げた。

「え、なんですか？」

「いや別にもののたとえで、全然ジャニーズじゃなくていいんだけど。なんかこう、仕事中に思い浮かべる何かとかないの。早く帰ってこれやりて〜っていう」

「いきなり言われてもわかんないですけど、まあ、なんかはあるかもしれないですね」

私の話聞いて聞いてモードから一転、青木さんは突然距離を取り始めた。

「青木さんのいま座ってる席にこないだまでいた人、仕事すごい出来る人で、育児もあって、スゲー忙しかったんだけど、毎日夜中にイヤホンつけてジャニーズのＤＶＤ観るために頑張ってたらしいよ」

はあ、ジャニオタだったんですかね、と青木さんはもう完全に涙が引っ込んでいた。

俺もちょっと、自分で言ってて話の方向性がわからなくなっていた。

「今後、青木さんがうちでずっと働くなり、あるいはどこかに移るなりしても、結局、基本どっかしらで働いていくわけじゃん。で、どこ行ってもそれなりにきついわけでしよ。そういう時に、そういうのがあるだけでちょっともうひと頑張り出来る気になるんだって。その人が言ってたよ」

「へえ……」

青木さんが結構マジで突然引いてて逆に俺は面白くなってくる。熱く語ってごめんなさいね。

「ちなみに俺は野球が好きだから、たま〜に暇見つけて東京ドームとか行く。最近全然行けてなかったけど。そのために頑張ってる、仕事」

「そうですか」

「マサオカってわかる?」

「夏に捕まったヤク中の人ですよね」

「俺あいつのファンなんだよね」

「はあ」

「いい選手だったんだよ。昔、神宮でサイン貰ったことあるんだ。子供にも優しくてさ、目線だって合わせてくれて、俺のヒーローだったんだよ。甲子園通算最多本塁打数記録保持者。いまだに破られてない」

青木さんはしらっとした目で俺を眺めていた。俺はなんでかわからないけれど、少しハイで、わけもなく楽しい気持ちがドリンクバーのジュースみたいにどばどば、一気に流れ出していた。

「あと、昔の同級生の日記を読むこと」

「なんですか、それ」

「偶然見つけちゃったんだよ、クラスメイトのブログ」

「ヲチってるってことですか？」

「好きでさ、毎日読んでたんだけど、最近なくなっちゃった」

「それ女子ですか？」

「うん女子」

「田町さん、意外にムチャクチャやばい趣味ありますね」

青木さんは心底引いたようで、それから俺に対する態度が若干冷たくなってしまった。あんなことまで別に言わなくてよかったかなとも思ったけど、あの時は勢いが止まらなかったんだから仕方ない。勢いで俺は失敗ばっかりしてるくせに、どうしてもこの癖は治らない。


あれからマサオカのニュースは何度も更新され、その都度ネットも週刊誌もマサオカ一色になった。いろんな識者やコメンテーターが彼の社会復帰は絶望的だと言う。疲れた人たちがそれを面白おかしく笑っていく。でもそんなのは通り過ぎていくもので、来年の今頃はまた別の人が時の人になっているのだろう。大体のことはみんな忘れ去られていく。

それでも俺はたまに、残業でぼんやりしてる時に、終電で足を踏まれている時に、家で何もすることがなくて寝転んでいる時に、マサオカのことを思い出す。小学生の頃にテレビで見た甲子園の光景を、何度となく巡らせる。そしてちょっと想像する。奇跡のバッター正岡禎司が、いろんなことに打ち勝って、監督なんかで球界に驚異の復活を遂げることを。

それは都合のいい妄想で、マサオカは球界どころか日常生活に上手く戻れるかも怪しいところだろう。ほとんどの場合、この世で奇跡は起こらない。

だけど俺が本当に苦しい時に背中を押してくれるのは、いつもそんな根拠のないでたらめな希望だ。

実家に顔を出した帰り、早夕里と近所を散歩した。俺の頃よりもグラウンドのネットが高く張られた小学校には、日曜日は誰もいなかった。

そういえば、あのタイムカプセルは結局どうなったんだろう。

「ほんとだ、ゴムになってる」

「え?」

「グラウンド、土じゃなくなってる」

昔は違ったんだ？　とコートを着た早夕里が日傘を傾げる。結婚式までは絶対焼かないのだと、早夕里は十二月なのに日傘を差していた。冬の日差しも案外強い。

「昔、タイムカプセル埋めたんだよなあ」

「そういうことやる学校、本当にあるんだ。開けたの？」

「開けてない。てか誰か開けた奴いんのかな？」

「いるんじゃない？　聞いてみれば？」

「誰に」

「友達とか」

タイムカプセルの件で同窓会とか、ロマンじゃない？　と早夕里が言う。俺はまさちんやユッピーやニシヤがどんな大人になってるのか想像して、勝手にウケる。それから、地元の同窓会なんかに絶対に顔を出さないだろう女のことを思い出して少し笑う。

天龍院亜希子はいまもどこかで、派手すぎる名前を二度見されながらも、実はそれを誇りに生きているんだろう。

「でも肝心な奴は来なさそうな気がする」

「誰？　初恋の君～？」

「いやいやまさか」

新婚で浮気したらミンチにするよ、と物騒なことを言われ、俺は身構える。

願わくば、この呆れた希望が人生を硬く貫いて、このしょうもない人生をあかるく照らしてくれますように。

解　説

河野英裕

最近ついてない。
二〇一九年九月十二日　車のタイヤがパンクした。
二〇一九年十月十二日　台風で雨漏り。
二〇一九年十月十五日　洗濯機が壊れた。
二〇一九年十一月十四日　数万円の領収書が認められず精算できなかった。
二〇一九年十一月二十二日　車のタイヤがまたパンクした。
二〇一九年十一月三十日　目の調子が悪くて病院に行ったら、網膜剥離寸前。
へこむ。
そんなとき、スマホの中の写真を開く。
それは『天龍院亜希子の日記』の中の大好きなページを撮ったものだ。

それをじっと読む。同じところを読み返す。大丈夫まだまだいける、と思う。希望を感じる。

本書は僕にとって、そういう本だ。

僕は日本テレビという会社でテレビドラマや映画をプロデュースする仕事をしている。自己紹介としてこれまでの作品をいくつか並べると、「すいか」「野ブタ。をプロデュース」「マイボスマイヒーロー」「セクシーボイスアンドロボ」「妖怪人間ベム」「銭ゲバ」「Q10」「泣くな、はらちゃん」「弱くても勝てます」「ど根性ガエル」「奇跡の人」「ブラック校則」などなど。もしかするとご覧になってくれた方もいらっしゃるかもしれない。

仕事柄、いつも頭の中は、物語になるネタを探している状態だ。本屋さんでも、これはドラマになるかな？という視点で本を選んでしまうことが多い。

十年以上前になるが、プロデュースしたあるドラマの視聴率が芳しくなく、ドラマ担当から外された。不貞腐《ふてくさ》れて、へこんでいたとき、本屋をぶらぶらしていたら一冊の本が目に飛び込んできた。

『野ブタ。をプロデュース』（白岩玄著、河出書房新社、二〇〇四年刊）。

なんていいタイトルなんだろう。その時のことは今でも鮮明に覚えている。

その小説はいじめられっ子を人気者にしようとプロデュースする高校生たちのお話だ

った。一気に読んだ。そして企画書を書いて……。もう一度ドラマを作るチャンスを得られた思い出深い作品だ。

この時の僕と同じように『天龍院亜希子の日記』というタイトルに目を奪われ、本書を手に取った方は多いと思う。なんだかものすごい人の、ものすごい波乱万丈な人生が語られていそうでドキドキする。けれどこの物語、そうではない。主人公も天龍院亜希子ではない。

本作が第三十回小説すばる新人賞を受賞した際、著者の安壇美緒さんは受賞記念エッセイの中でこう述べている。

「『天龍院亜希子の日記』はタイトル付けから始まった。かっこいいタイトルがいいな、と思ったので、『鬼龍院花子の生涯』をもじらせてもらった。

タイトルを決めた瞬間、ほとんどの筋書きは出来上がった。もちろん主役は天龍院亜希子ではないだろうと思った。私と同世代の、平凡な男」

この物語の主人公・田町譲は人材派遣会社のサラリーマン。二十七歳。恋人との煮え切らない関係やうまくいかない仕事。増え続ける残業、わずらわしい職場の人間関係、まさにブラックな環境の中、求人サイトで転職先を探す日々。そんなとき、ネットで天龍院亜希子という名の女性のブログを見つける。

天龍院亜希子は田町の小学生の時のクラスメイトで、めだたない、おとなしい女の子。

そして、その特異な名前のせいでイジメられていた。

田町も彼女の名前をからかった。

「そんなの、私にはどうしようもないのに」

天龍院亜希子はその場で泣いた。

彼女の声を聴いたのはそれが最初で最後だった。

それから十五年後。田町はやるせなくダラダラと続く日常の中、ネット上で見つけた天龍院亜希子のブログを読むことが日課になっていく。

そして、田町の日常に入り込んでくるのは、もうひとり。かつてプロ野球のスター選手だった正岡禎司だ。

正岡の薬物スキャンダルは、連日テレビや雑誌、ネットを騒がしていた。野球をやっていた田町にとって、正岡は正真正銘のヒーローだった。

「正岡はもう終わってしまったのか?」

世間に消費され、叩《たた》きのめされていく正岡の姿が田町を揺さぶっていく……。

この物語のすごいところのひとつが、天龍院亜希子、そして正岡禎司がストーリーに直接絡まないことだ。絡まないどころか姿さえ現さない。

本書は、主人公の田町や彼を取り巻く登場人物たちの日常が淡々と語られるだけ。登場人物たちも、いい奴《やつ》でもあり嫌な奴でもある、という普通の人間たちばかり。なのに、ページを繰る度に心を揺さぶられるのだ。息苦しい日常の中で希望を獲得していくその姿に。

ドラマや映画でこの構造を成立させるのは至難の業だ。

映像化する場合、天龍院亜希子や正岡禎司をどう表現するのか？　俳優をキャスティングする？（主人公と絡まないのに？）／それぞれの人生の断片を突然インサートする構造にする？（ヌーヴェルヴァーグの時代の映画みたいだな）／主人公と偶然再会するとか、主人公が会いに行くとか、会いはしないが偶然同じ時間、同じ場所でそれぞれの人生が交差する、とか？（いやいやなんかそれやっちゃうとかっこわるい）／そもそも、天龍院亜希子と正岡禎司は、顔を出すべきなのか？（いや、ブログを打つ指先やバットを振る後ろ姿でさえ、蛇足だろう）／では、天龍院亜希子の日記は、パソコンの文字だけで表現、正岡禎司はニュースや雑誌の音声や文字で表現する？（そんなやりかたは考えがなさすぎる）

よく「映像化不可能！」を売り文句に宣伝されている小説があるが、お金をかければ作れるな、とか、ネタバレの方法をアレンジすれば大丈夫かな？　と思えるものも多い。

けれどこの『天龍院亜希子の日記』は、小説でしか味わえない、小説だからこそできる、感動を与えてくれる。

僕は単行本でこの物語を読み終え、日記代わりともいえるツイッターで、二〇一八年四月二十八日、こう呟《つぶや》いた。

安壇美緒「天龍院亜希子の日記」。すばらしかった。時間読んでてたてばたつほど、染み込んでくる。大好きな部分をスマホで写真撮っていつでもどこでも何度も反芻《はんすう》してます。

「大好きな部分」。それは本書２０８ページ。そこに「呆《あき》れた希望」という言葉が登場する。僕は「なんかもうダメだ」と思うとき、この言葉の意味をかみしめ、反芻し、希望を感じる。

「希望」ではなくて「呆れた希望」。

「呆れた希望」とはなにか？

それは、「もしかしたらこの世の誰かがどこかでひそかに自分を応援してくれているかもしれない」こと。「そういうことを信じられたら、生きるのが少し楽になるかもしれない」こと。この考えが、物語終盤に、それも予想もしない形で突如現れ、登場人物たち全員を、そして読んでいる僕を、あかるく照らしてくれたのだ。

極論すれば、ドラマや映画も、すべからく物語は「希望」を描くものだ。絶望を描く作品もそこに希望があるから絶望がある。

この小説は、今までに見たことも読んだこともない「希望」の形を与えてくれた。

ジャンルは違えど、物語を作っていくものとして、とても尊敬し、そしてちょっと悔しい。


主人公・田町が会社の先輩にこんな質問をするシーンがある。

「先輩に聞きたいんすけど、岡崎さんはスゲーもうダメ、絶対死ぬって時にどうやって回避してますか」

先輩はこう答える。

「ジャニーズのＤＶＤ」

「マジですか？」

「会社でババアにいじめられてオヤジによくわかんないこと言われて後輩にまでギャーギャー言われてあ〜あ最悪〜世の中理不尽だなみんな死ねって思っても、帰ったらＤＶＤ観《み》よ〜と思ったらちょっと頑張れるじゃん」

「そんなもんですか」

「毎日会社行くのすごい大変じゃん。それをなんとなく支えてくれるものがあんのはいいことだよ」

僕を支えてくれるのは「甲本《こうもと》ヒロトとマーシーの歌」「ハイボール」「あんこ」。大好きなものたちが、自分を応援してくれる。

そして「呆れた希望」という言葉。

最近ついてないとへこんでも、呆れた希望を信じていると、でもいいこともあるさ、と思えてくるのだ。

二ヶ月で二回も車のタイヤがパンクして……ヒーローのようにやってくるJAFのお兄さんの、手際の良さに見惚《みと》れ、牽引《けんいん》車両の見事な運転技術に感嘆し、修理工場まで連れて行ってもらうあいだに助手席で聞いた業界裏話は、あまりに面白くてメモをした。洗濯機が壊れて……十日間通ったコインランドリーは、自分の部屋より集中できて仕事がはかどった。

数万円の領収書が精算できなくて……節約のため、十年近く着ていないコートと、久しく使わなかったリュックサックを引っ張り出して着用したら「いいじゃん！　はやりな感じ」と、秘宝を発見した気分になった。

目の調子が悪くて病院に行ったら、網膜剝離寸前で……手術は回避したものの、定期的に診察を受けて、気を付けていかなければならなくなった。

でも、目の状態を確認するために空を眺めるようになった。街中で立ち止まり空を見上げる。空が青い。きれいだな、と思う。横を通り過ぎていく人が、この人何見てるんだろう？　と、チラッと空を見上げたりする姿に、ちょっと笑ってしまう。

誰にでも起こりえるような日常の中で「希望」を紡ぎだす方法を、この物語は教えてくれる。それが「呆れた希望」。


二〇一九年十一月、集英社の編集者の方から連絡をいただいた。それは、安壇美緒さんが本書の文庫解説に僕を推薦してくれたというものだった。僕のツイートを彼女が見てくれていたこと、そして僕のプロデュースしたドラマを好きで見てくれていたことを、編集者さんからお聞きした。そして、この文庫解説を書かせていただくという、とても光栄な機会をいただくことになった。

とはいえ、何をどう書いていいか思い悩み時間だけが経《た》ってしまった。締め切りが近づく。会社に行く電車の中、じっと考える。悩む。僕の前に座っている中年女性二人組がなにやら真剣な表情で会話している。悩み事でもあるのだろうか。

駅に到着し僕は席を立つ。彼女達も席を立って電車を降りた。

何気なくその一人の女性の足元をみると、ジーンズのふくらはぎのあたりに黄色の糸で、大きく「必勝」と刺繍《ししゅう》がされていた。

思いもよらぬ時に思いもよらぬ場所から現れた「必勝」。

しばらくじーっとその文字を見つめながらホームを歩いた。

これは、もしかして「呆れた希望」が目に見える形で僕を応援してくれているのではないか？　そんな呆れた思いが湧き、いい気分になって、会社のデスクでこの原稿を仕上げた。

まだまだツキはある。

（かわの・ひでひろ　日本テレビプロデューサー）

第三十回小説すばる新人賞受賞作

本書は、二〇一八年三月、集英社より刊行されました。

小説すばる新人賞から生まれた本

青羽　悠の本

星に願いを、
そして手を。

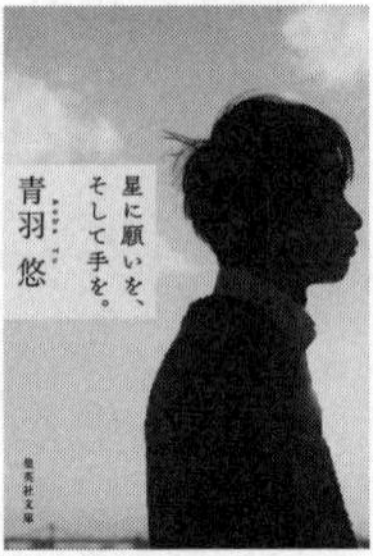

宇宙に憧れる四人の中学生の夢と絆。大人になり、別々の道を歩む彼らは大切な人の死を機に再会するが……。当時十六歳の著者が描いた青春群像劇。

集英社文庫

小説すばる新人賞から生まれた本

渡辺　優の本

ラメルノエリキサ

女子高校生・りなの信条は「やられたら、やり返す」。その彼女が夜道で何者かに背中を切りつけられる。りなは復讐を果たすため、犯人探しをするが……。

集英社文庫

集英社文庫

天龍院《てんりゅういん》亜希子《あきこ》の日記《にっき》

2020年2月25日　第1刷
2023年4月18日　第2刷

定価はカバーに表示してあります。

著　者　安壇美緒《あだんみお》

発行者　樋口尚也

発行所　株式会社　集英社
東京都千代田区一ツ橋2-5-10　〒101-8050
電話　【編集部】03-3230-6095
【読者係】03-3230-6080
【販売部】03-3230-6393(書店専用)

印　刷　凸版印刷株式会社

製　本　凸版印刷株式会社

フォーマットデザイン　アリヤマデザインストア　　マークデザイン　居山浩二

ISBN978-4-08-744078-2 C0193